EUROPE

NETHERLANDS

AFRICA

tlantic Ocean

Cape of Good hope

ASIA

KOREA

JAPAN

Nagasaki

Batavia

Indian Ocean

# 구야, 조선 소년 세계 표류기

김나정 장편소설

# 구야, 조선 소년 세계 표류기

제1판 제1쇄  2014년 8월 22일
제1판 제3쇄  2015년 8월  5일

지은이  김나정
펴낸이  주일우
펴낸곳  ㈜문학과지성사
등록번호  제1993-000098호
주소  121-894 서울 마포구 잔다리로7길 18(서교동 377-20)
전화  02) 338-7224
팩스  02) 323-4180(편집) / 02) 338-7221(영업)
전자우편  moonji@moonji.com
홈페이지  www.moonji.com

ISBN  978-89-320-2641-1

# 구약,

## 조선 소년 세계 표류기

김나정 장편소설

문학과지성사

2014

# 차례

# 프롤로그

갈 길은 먼데 벌써 달이 떴다.

'이건 다 주먹이 탓이다.'

그놈이 훼방만 놓지 않았다면 더 빨리 주막을 나섰을 텐데.

저물녘 염라댁이 언덕 너머로 사라지자 구야는 사립문을 밀고 나섰다. 주먹이가 따라붙었다. 돌아가라고 을러대도 꼬리를 살랑거렸다. 종주먹을 들이대자 주춤했지만 곧 쫄래쫄래 다가왔다. 말끄러미 올려다보며 구야에게 어딜 혼자 가느냐고 묻는 것 같았다.

개를 데리고 바다를 건널 순 없는 노릇이다.

구야는 주먹이를 앞세우고 주막으로 돌아갔다. 개집에 가둬봤자 금방 튀어나올 거다. 뒷마당 장독대에서 말끔히 닦아둔 빈 독을 찾았다. 뚜껑을 열고는 개를 안아 들었다. 주먹이는 혓바닥으로 널름널름 팔뚝을 핥아댔다. 구야는 냇물에 종이배를 띄우듯 주먹이를 바닥에 내려놓았다. 빈 독이 컹컹 울렸다.

"좀만 참아. 염라댁이 널 꺼내줄 거야."

산봉우리에 해가 걸렸다. 해 지기 전까지 약속 장소로 가야 한다. 배를 놓치면 영영 그림도 그리지 못하고 평생토록 주막집 머슴으로 살아야 한다. 주막집 염라댁은 구야가 붓만 잡으면 눈을 부라렸다. 할 일이 태산인데 하인 놈이 한량 노릇이냐며 붓을 꺾어버렸고 종이는 불쏘시개로, 염료 종지는 간장 종지로 삼았다. 흙바닥에 그림을 그리면 솥뚜껑 같은 발로 지워버렸다. "환쟁이 놀이할 시간이 있으면 마당에서 비질이나 해라." 일거리는 구석구석에서 빈대처럼 기어 나왔다. 일을 끝내놓고 그림을 그린다는 건 어림도 없었다.

염라댁을 떠올리니 발바닥에 날개가 달린다. 하지만 병풍바위까지 갈 길이 까마득하다.

굽이굽이 펼쳐진 바위틈에 동굴이 숨어 있다. 가뭄 때면 용이 물을 마시러 온다 해서 '용굴'이라고 불렀다. 왜구들이 나타났을 때 마을 처녀들이 몸을 숨겼던 장소라고 했다. 네덜란드 선원들은 거기서 송 영감의 배를 기다리고 있다. 구야는 한나를 떠올리며 발을 재게 놀렸다. 발밑에서 자갈이 자그락거렸다.

짚신 한 짝이 벗겨졌다. 사방이 깜깜해서 더듬어도 잡히질 않았다. 급히 나오느라 부시쌈지를 챙기질 못했다. 겨우 찾은 짚신의 모래를 털어내는데, 저편에서 일렁이는 불빛이 보였다. 한나가 마중을 나왔나 싶어 구야는 불빛을 향해 뛰듯 걸어갔다. 발밑으로 모래가 폭폭 파여 들어갔다. 저편의 불빛도 빠르게 움직였다. 전립을 쓰고 쾌자를 걸친 포졸들이 모습을 드러내자 구야는 우뚝 멈춰 섰다.

"너는 주막집 구야 아니냐?"

"주막은 어쩌고 예서 돌아다니느냐?"

포졸들이 횃불을 들이대자 구야는 뒤로 물러섰다.

곽 포졸과 정 포졸은 주막집 단골이었다. 구야는 주모 심부름으로 외상값을 받으러 나왔다고 둘러댔다. 갚아야 할 술값이 만만치 않은 두 사람은 딴청을 부렸다.

"오늘 같은 잔칫날에도 돈을 받으러 다니느냐?"

"함흥댁이 잔칫날을 놓칠 리 없을 터인데."

오늘, 마을 사람들은 홍 판서댁 무남독녀의 혼례식에 몰려갔다. 네덜란드인들은 그 틈을 노려 탈출을 감행했다.

"포졸님들도 아시잖아요. 주모 성질이······"

둘은 마주 보고는 고개를 끄덕였다.

"여하튼 얼른 주막으로 돌아가거라."

구야가 이유를 물으니, 곽 포졸은 눈을 부라렸다.

"가라면 가지, 이윤 왜 물어?"

"빈손으로 돌아가면 짚신짝부터 날아올 텐데요."

"음······"

"그건 그렇고 혹시 이 근처에서 수상한 자들을 보지 못했느냐?"

"입때껏 본 사람이라곤 어르신들뿐인데요."

"코쟁이 놈들이 사라졌어. 관아가 발칵 뒤집혔다."

"빌어먹을 놈들이 하필 잔칫날 달아나."

내일 아침나절에야 들통 날 줄 알았다. 개구리 낯짝만 한 동네다. 포졸들이 사방팔방으로 찾아다닌다면 금방 덜미를 잡힌다.

"너, 그 아란타* 놈들한테 무슨 낌새 같은 거 못 챘느냐?"

그들은 구야가 네덜란드인들이 머무는 행랑채를 들락날락하는 걸 보았더랬다.

"알면 당장 고해바쳤겠죠. 괭이나 목숨이 여럿이지."

"얼른 돌아가거라. 분위기가 심상치 않으니."

구야는 잽싸게 돌아섰다. 몇 걸음 떼어놓는데 정 포졸이 불러 세웠다. 가슴이 덜컥 내려앉았다.

"우리 이따 주막에 들를 테니 술상 좀 준비해두라고 일러라."

"얼른 잡아넣고 목이나 축여야지."

곽 포졸은 모래라도 들어간 듯 눈을 찡긋거렸다. 구야는 고개를 끄덕거리고 달음박질쳤다. 바위 뒤로 몸을 숨겼다. 불빛은 점점 졸아들고 희미한 달빛만 남았다.

*

병풍바위에 도착해 몸을 모로 세워 바위틈을 지나갔다. 불빛도

---

* 네덜란드를 가리킨다.

인기척도 없었다. 물방울 떨어지는 소리만 들렸다. 한나를 부르는 목소리는 메아리로 돌아왔다. 벌써 떠나버린 건가.

"쉿!"

누군가가 입을 틀어막았다. 구야는 버둥거리며 고개를 틀었다.

"왜 이렇게 늦었어. 안 오는 줄 알았잖아."

한나를 보자 구야는 비로소 한시름 놓았다. 동굴 벽에 불빛이 일렁거렸다. 그룩스가 관솔불을 들고 나타났다.

"10리 밖까지 들리겠다, 네 고함 소리."

그룩스를 따라 동굴 안쪽으로 들어갔다. 평평한 바위를 가운데 두고 네덜란드 선원들이 둘러앉아 있었다.

"배는 아직 안 온 거야?"

"하멜 아저씨가 소식 준댔는데…… 아직."

네덜란드 선원들은 일이 틀어질까 걱정하는 눈치였다. 구야가 포졸 이야기를 꺼내려고 하는데, 그룩스가 다그쳐댔다.

"그 송 영감인가, 뭔가 맞아? 온댔어, 지금?"

"분명히 달이 뜨기 전에 배를 대놓겠다고 했는데."

구야가 이들에게 송 영감을 소개했다. 이방인에게는 아무도 배를 내놓으려고 하지 않았다. 이방인에게 배를 팔았다는 게 발각되면 목숨이 위태롭다. 한 달 남짓 수소문한 끝에 송 영감이 고깃배를 내놨다는 소문을 듣고 옳다구나 싶었다. 하멜은 뱃값을 곱절로 쳐주겠다는 말로 송 영감을 설득했다. 송 영감은 한몫 단단히 챙겨 이 마을을 뜨겠다고 했다. 지난번 태풍 때 목숨을 잃을 뻔한 뒤로 송 영감은 고기잡이를 때려치우겠다고 마음먹은 터였다. 바다라면 징글징글하다. 송장도 찾지 못할 바다보다는 차라리 아랫목에서 죽겠단다.

막판에 마음을 바꿔먹었으면 어쩌나. 한 마을에서 붙박이로 살았던 송 영감이 낯선 데서 뿌리내리기란 녹록지 않을 것이다. 애송나무는 새로운 땅에서도 뿌리내리고 살지만 늙은 소나무는 옮겨 심으면 우듬지부터 말라 죽는다. 게다가 평생 어부였던 사람이 이제 와 무얼 하며 살겠는가.

"우리 그냥 관아로 돌아가 모른 척하고 있으면 어떨까?"

핌의 말에 몇몇이 고개를 끄덕였다.

"다음에 기횔 봐서."

"안 돼요! 그렇겐 못해요!"

"왜?"

"사방에 포졸이 쫙 깔렸다고요."

구야는 동굴로 오다가 만난 포졸 이야기를 꺼냈다. 네덜란드 선원들은 그걸 왜 이제야 말하느냐고 타박했다.

"이번에 잡히면 끝장인데."

핌은 깊은 한숨을 쉬었다.

네덜란드 선원들은 여러 번 탈출을 시도했다. 제주도에서의 첫 번째 탈출 시도는 조선 배를 조종하는 방법을 몰라 실패로 끝났다. 한양으로 압송된 뒤 네덜란드인들은 근위병 노릇을 하며 지냈다. 말로만 근위병이지, 구경거리였다. 중국 사신이 온다는 소식에 선원 둘이 사신 행렬을 가로막았다. 제발 네덜란드로 돌려보내 달라고 하소연했지만 중국 사신은 헛기침만 해댔다. 그 둘은 사신에게 행패를 부렸다는 이유로 옥에 갇혔고 나머지 선원들은 강진, 남원으로 유배를 떠났다. 감옥에 갇힌 두 사람은 장독이 올라 숨졌다고 했다.

그룩스가 자리에서 일어났다.

"조선 땅에서 송장이 되느니 선원답게 죽겠어, 바다에서."

"배도 없는데, 바다를 헤엄쳐 건너겠단 거냐?"

이발사 에보크가 그룩스를 주저앉혔다.

동굴 벽에 그림자가 어른거렸다.

"얼른 나와. 배가 왔어!"

하멜의 목소리가 들리자 선원들은 앞다투어 동굴 밖으로 뛰어나왔다. 구야도 하나를 따라 바닷가로 나갔다.

"도대체 배가 어디 있단 거야."

어디선가 삐걱거리는 소리가 들렸다. 배가 달빛 아래 모습을 드러냈다. 선원들은 바다로 뛰어들어 배를 해변까지 끌어왔다. 송 영감이 배에서 내렸다.

"에고고, 팔 떨어진다. 허리 끊어진다."

배를 본 선원들은 볼멘소리를 했다.

"이런 누더기 배로 바다를 건너라고?"

"욕조를 타고 태평양을 횡단하겠네, 차라리."

송 영감은 뭐가 문제냐며 너스레를 떨었다. 일평생 자기랑 낡아온 배이니 늙은 당나귀처럼 길이 들어 길동무론 안성맞춤이라는 것이다.

"태풍이라도 몰아치면 어쩔 거냐고!"

송 영감은 가을에 뭔 태풍이냐며 뱃값이나 내놓으라고 손을 벌렸다.

"저런 고물을 돈을 받고 넘기겠다고? 이런 사기꾼 이교도."

송 영감과 선원들 사이에 실랑이가 벌어졌다. 송 영감은 목숨을 걸고 배를 끌고 왔는데 이제 와 딴소리를 하느냐며 핏대를 올렸다. 옥신각신하는 그들을 보며, 구야는 발만 동동 굴려댔다. 이제 와 돌아갈 순 없다. 배 없이는 바다를 건너지 못한다.

"탕! 탕!"

총성이 어둠을 터뜨렸다. 선원들과 송 영감은 몸을 낮추고 사방을 두리번거렸다. 병풍바위 위쪽에서 횃불들이 나타났다. 총성과 개 짖는 소리가 요란했다. 선원들은 허둥지둥 배를 밀며 바다로 나아갔다.

"이 도적놈들아, 돈은 내놓고 가야지!"

송 영감은 구야의 허리를 끌어안았다. 구야는 버둥거리며 점점 멀어지는 배를 바라봤다.

"구야! 거기서 뭐해! 배 떠난단 말이야!"

한나의 목소리가 들렸다.

"놔요. 나도 배를 타야 된다고!"

"네놈이 저 배를 왜 타? 너, 코쟁이들과 한통속이냐?"

송 영감은 구야의 허리춤을 잡고 늘어졌다.

"이놈들아, 그 배는 내 전 재산이란 말이다."

하멜이 돌아와, 허리춤에서 닳아 해진 아마 주머니를 끌러냈다. 송 영감에게서 풀려난 구야는 경중경중 물속으로 들어갔다. 젖은 옷이 허리춤에 감겼다. 팔을 휘저으며 걸음을 옮기는데, 돌연 바닥이 사라졌다. 발밑이 허공이었다. 발버둥을 쳐도 연신 물만 밟혔다. 짠물이 눈과 코로 밀려 들어왔다. 숨이 막혔고 눈알이 아렸다. 구야는 허우적거렸지만 물만 거푸 그러쥐었다. 누군가가 머리채를 잡고 쑥 끌어 올렸다. 하멜은 구야의 손을 잡아끌어 배에 태웠다.

"노를 저어라! 총알을 피해야 한다!"

핌의 명령에 따라 선원들은 노를 집어 들었다. 포졸들은 화승총을 쏴댔다. 총알이 핑핑 날아와 뱃전에 박히고 나뭇조각이 튀어 올랐다. 구야는 엎드려 숨을 몰아쉬었다. 주막집에 잠시 머물렀던 외다리 장돌뱅이가 떠올랐다.

"새끼손톱만 한 총알이라도 살을 헤집고 뼈를 바순다고."

외다리 장돌뱅이는 병자호란 때 총에 맞았다고 했다. 내버려두면 납덩이가 생살까지 썩게 한다는 말에 다리를 잘라냈단다. 십중팔구는 죽는데 자긴 억세게 운이 좋아 살아남았다며, 장돌뱅이는 평상에 나무다리를 걸쳤다.

"비만 오면 다리가 욱신거려. 잘라냈는데도."

사방이 컴컴하니 총알이 어디서 날아올지 몰랐다. 총알은 눈도 없으니 사람을 가리지도 않는다.

선원들은 구령에 맞추어 노를 저었다. 한나가 두 손을 모으고 하느님을 찾았다. 구야도 질세라 산신님, 천지신명님, 부처님을 찾았다. 아랫도리가 척척했다. 구야는 눈을 뜨고 바닥을 살폈다. 배에 물이 차올랐다. 이대로라면 배가 뒤집힌다. 구야는 궤짝 뒤에 뒹구는 바가지를 찾아내 정신없이 물을 퍼냈다. 물을 퍼내야 산다는 마음만 남았다. 총성도 개 짖는 소리도 사라졌다.

"구야, 이젠 됐어!"

한나가 구야의 팔을 잡았다. 반 동강 난 바가지를 쥐고 구야는 바닷가를 바라보았다. 횃불들은 반딧불처럼 까물거렸다. 개 짖는 소리와 총성도 더 이상 들리지 않았다. 선원들은 환호성을 지르며 얼싸안았다. 배는 뭍에서 점점 멀어졌다.

*

1666년(현종 7년) 열세 살이 되던 겨울, 구야는 그렇게 조선을 떠났다. 1653년(효종 4년) 일본으로 향하다 풍랑을 만나 제주도에서 난파했던 스페르베르호 선원들은 13년이 지나 고향 길로 향한 것이다. 구야는 네덜란드 선원들과 조선을 떠났다. 바람을 품은 돛은 팽팽하게 부풀었고 배는 검은 바다로 미끄러져 나갔다. 하지만 네덜란드로 가는 길은 만만치 않았다.

제1장

망망대해의 구야

"음…… 욱, 욱."

구야는 뱃전을 잡고 왝왝거렸다. 배에 올라타고 내내 속이 뒤틀렸다. 파도는 나뭇잎만 한 배를 들까불렀다. 이어지는 토악질에 배 속은 텅 비었다.

"괜찮아?"

한나가 구야의 등을 두드려주었다.

"어이없다, 뱃놈이 멀미라니."

그룩스가 혀를 차댔다. 억울했다. 구야는 뱃사람이 아니었다. 바다는 언제나 멀찍이 떨어진 풍경일 뿐이었다. 보기만 하던 바다에 뛰어드니 고생길이 열렸다. 반면에 네덜란드 선원들은 기뻐 어쩔 줄을 몰랐다.

"어머니가 만들어준 스탐폿(stamppot)을 먹고 싶다."

클라켄은 고향에 가면 소시지부터 먹겠다고 했다. 베르센은 텁텁한 조선 술 말고 시원한 맥주를 마실 거란다. 선원들은 고향의 음식들로 말꼬리를 이어갔다. 배가 조선에서 멀어질수록 선원들의 꿈도 부풀었다.

"날씨랑 바람만 이대로라면 이틀 뒤쯤 일본에 도착할 거야."

"일본요? 아란타로 간다면서요."

핌은 일단 일본 나가사키까지 가서 배를 갈아탄다고 했다. 나가사키의 데지마에는 동인도회사* 상관이 있다. 우선 나가사키까지 가서 동인도회사 배로 네덜란드에 돌아간다. 일본엔 잠시 머문다지만, 구야는 주막에서 들은 말이 떠올라 찜찜했다. 네덜란드와 일본은 친한 사이라지만 왜놈들은 걸핏하면 조선 사람들을 괴롭힌다. 일본인들은 잔인무도하고 서슴없이 사람 목을 벤다. 조선 어부들은 오랫동안 왜구에게 시달려왔다. 왜구들은 추수 때면 쳐들어와 불을 지르고 곡식을 약탈했다. 조선인들을 잡아다 노예로 삼고, 물건처럼 사고팔고, 코나 귀를 베어간다고도 했다. 구야는 무심결에 코를 감싸 쥐었다.

한나는 구야와는 달리 꿈꾸듯 말했다.

"난, 네덜란드에 가면 말이야. 운하에서 얼음을 지치고, 풍차가 도는 들판에서 뜀박질을 하고, 튤립 향기를 맡을 거야."

구야는 갑판에 몸을 누였다. 널빤지 아래로 물소리가 들려왔

---

* 17세기 초 유럽 각국이 인도 및 동남아시아와 무역하기 위해 동인도에 세운 무역회사.

다. 널빤지 밑은 바로 바다다. 바다와 구야 사이를 널빤지 한 장이 가로막고 있다. 나뭇잎에 탄 개미 신세였다. 주막집 봉토방보다 좁다란 배에 열 명이 올라탔다. 이런 배로 바다를 건너면 물귀신이 될 거란 그룩스의 말이 떠올랐다.

눈을 뜨자 하늘이 올려다보였다. 별똥별이 하늘에 빗금을 긋고 바다로 곤두박질쳤다. 하늘 위건 바다 밑이건 구야에겐 까마득했다. 조선 사람들이 아는 가장 먼 나라는 시암*이고, 그 너머는 바닷물이 절벽 아래로 쏟아지는 암흑세계라고 했다. 절벽 아래에서 입을 벌린 지옥. 꿈자리가 뒤숭숭했다.

*

구야는 어릴 적에 할아버지가 그린 지옥도를 봤다. 바닥에 말려 있던 족자를 푸니 길게 지옥도가 펼쳐졌다. 소 대가리를 뒤집어쓴 남자가 쇠스랑으로 벌거벗은 남자를 끓는 기름 솥에 넣었다. 목에 엽전 꾸러미를 매단 배불뚝이 남자가 창으로 헐벗은 남자를 찔렀다. 뿔 달린 개는 피가 뚝뚝 듣는 달을 향해 짖었다. 피 연못, 바늘 산…… 그림 속 풍경은 생생했다. 구야는 딸꾹질을 하며 할아버지에게 여기가 어디냐고 물었다.

"이 세상엔 없는 곳이야."

---

* 타이를 가리킨다.

할아버지는 저승엔 죽은 사람만 간다고 했다.

"할아버지는 산 사람이잖아요. 근데 어떻게 저승을 그려요?"

"요 눈엔 저승이 보이나 보다."

할아버지는 물범 가죽 안대로 가린 눈을 가리켰다. 도화서* 화가였던 할아버지는 병자호란 때 애꾸눈이 되었다. 실력이 빼어나 임금님의 용안을 그리기도 했던 할아버지는 전란이 터지고 몽진 행렬을 따르다 길을 잃고 청나라 군대와 맞닥뜨렸다. 앞서 가던 사람들이 화살을 맞고 짚단처럼 쓰러졌다. 청나라 군인이 나무 뒤에 숨었던 할아버지를 끌어내 칼로 베었다. 할아버지는 얼굴을 감싸고 쓰러졌다. 손가락 사이로 뜨거운 핏물이 스며들었다. 죽은 체해야 살 수 있었다. 어둠이 깔리고 사방에서 들리던 신음 소리도 잦아들었다.

올려다본 하늘의 달은 핏빛이었다. 끔찍한 하룻밤을 보내고 할아버지는 영판 다른 사람이 되었다. 궁으로 돌아갔지만 화려한 대궐 풍경과 환한 얼굴들을 더는 그리지 못했다. 그림 속 연못에는 핏빛이 어렸고, 그림 속 얼굴에는 너나없이 그늘이 졌다. 사람들은 흉측한 그림만 그린다고 혀를 차댔다. 사람들은 치욕적인 항복으로 끝난 전쟁을 잊고자 했다. 할아버지의 그림은 그 기억을 자꾸 떠올리게 하니 사람들이 좋아할 리 없었다. 헛기침과 비난이 이어졌고, 결국 도화서를 나온 할아버지는 시골로 내려가

---

* 조선 시대에 그림에 관한 일을 맡아보던 관아.

소일거리로 탱화나 민화를 그리며 살았다.

　지옥도를 본 날, 구야는 꿈속에서 지옥을 헤맸다. 죄가 없다고 하소연해도 괴물들은 풀어주질 않았다. 신음 소리와 고함 소리가 뒤를 쫓았다. 아랫도리가 뜨끈했다. 축축한 이불에서 눈을 떴고, 구야가 오줌으로 그린 첫번째 그림은 빨랫줄에 내걸렸다. 어머니는 몸이 허약해 나쁜 꿈을 꾸었다며 약초를 달인 물을 먹였다.

　바다 위에서 잠든 첫날, 구야의 꿈속에 다시 지옥도가 펼쳐졌다. 비명을 지르며 발버둥을 치는데, 누군가가 구야를 흔들어 깨웠다. 눈을 뜨자 한나의 얼굴이 보였다. 나쁜 꿈이라도 꾸었느냐는 질문에 구야는 끙끙대기만 했다. 꿈에서 본 풍경을 말로 옮길 자신이 없었다.

*

　"구야, 해. 해 떴어."

　수평선 저편이 불그스름했다. 바다가 새빨간 덩어리를 토해냈다. 바다와 하늘의 틈새가 벌어졌다. 해와 바다는 안간힘을 쓰며 서로를 밀어냈다. 해는 붉고 짙은 그림자를 바다에 드리우며 몸을 둥글리고, 어둠을 한지 뭉치처럼 빨아들였다. 수평선 위로 떠오른 해가 사방으로 빛살을 뻗자 세상이 한 덩어리로 붉었다. 배에 탄 사람들의 얼굴이 붉게 물들었다. 해는 어둠을 걷어내는 커다란 얼굴이었다. 구야는 넋 나간 얼굴로 덩그러니 떠오른 해를 바라보았다.

밤새 노를 저은 사람들이 잠자리에 들었고, 다른 선원들이 노를 잡았다. 구야와 한나는 아침을 준비했다. 맨밥에 소금을 뿌려 뭉쳤다. 허기에 시달리던 사람들은 모래가 서걱거리는 주먹밥을 군말 없이 삼켰다. 입가에 밥풀을 묻힌 에보크가 벌떡 일어섰다.

"배다, 배. 저쪽, 저쪽!"

뱃머리에 선 호베르도 고함쳤다. 구야의 눈엔 아무것도 보이지 않았지만, 바다에 길들여진 선원들은 뭔가 본 모양이다. 구야는 주먹밥을 꿀떡 삼키고 눈을 가느스름하게 떴다. 저편에서 뭔가 꾸물거렸다.

"일본 배나 중국 배면 도움을 청하자."

호베르는 정크선이라도 너무 작다며 중국 배는 아니라고 했다.

"여긴 아직 조선 바다야. 어떡해, 순찰선이면?"

제주도 근처에는 포졸을 태운 감시선이 돌아다닌다. 제주도에서 처음 탈출했을 때도 그들에게 덜미를 잡혔었다.

"얼른 달아나자고."

클라켄이 노를 집어 들었다.

"괜한 짓 하다 의심받으면 어떡해."

하멜은 놋쇠 망원경으로 저편을 살폈다.

"고깃배 같은데."

"도망치면 수상하게 여길 텐데."

"그냥 보내면 관아에 고해바칠 거야. 수장시키자고."

그룩스는 다짜고짜 싸우자고 했다. 핌은 그룩스를 뜯어말렸다.

"그럼 이대로 가만히 있어요? 우릴 보면 금방 조선인이 아니란 걸 알 텐데."

한나가 구야의 소맷부리를 당겼다.

"구야, 네가 나가봐. 넌 조선 사람이잖아."

네덜란드인들의 시선이 구야에게로 모아졌다.

"뭐라고……"

"아무렇게나 둘러대."

네덜란드인들은 배 구석구석으로 숨어들었다. 머릿수건을 뒤집어쓰고 바닥에 엎드렸다. 구야는 뱃머리에 앉아 고깃배가 다가오길 기다렸다. 늙은 어부가 구야에게 말을 걸었다.

"너 혼자냐?"

"어른들은 새벽까지 물질을 하고 곯아떨어졌어요."

고기는 많이 잡았느냐는 질문에 구야는 뒤통수만 긁적거렸다. 늙은 어부는 흥흥거리더니 뜨뜻한 아랫목에서 궁둥이나 지져야겠다며 뱃머리를 돌렸다. 구야는 두근거리는 마음으로 멀어지는 배 뒤꽁무니를 바라봤다. 조선 사람인 자기가 조선 사람을 겁내다니. 꼭 네덜란드 사람이 된 것 같았다.

바람을 타고 배는 여수에서 80킬로미터쯤 떨어진 곳에 다다랐다.

"오른쪽으로 보이는 섬이 히라도(平戶)랬지."

대마도를 오가는 어부에게 주워들기론 히라도에서 나가사키는

지척이란다. 하지만 바닷새만 오갈 뿐 섬은 보이지 않았다. 망망대해에 내리쬐는 햇볕은 따가웠다. 낮은 이울고 밤이 찾아들었다. 선원들은 횃불을 들었다. 까만 바다 위에 배만 환했다. 배 둘레로 불빛이 일렁거렸다. 섬은 좀처럼 보이지 않았다.

"횃불을 꺼라!"

핌이 명령했다.

"불을 끄면 어떻게 섬을 찾아요?"

핌은 차라리 어두우면 빛이 눈에 들어온다고 했다. 사방이 어두우면 작은 빛도 도드라져 보이니 말이다. 배에서 불빛이 사라졌다. 점차 눈이 어둠을 익혔다. 좌현(左舷)으로 불빛이 깜빡거렸다. 멀리서 섬이 모습을 드러냈다.

"저게 히라도 아닐까?"

"확실해? 아직도 조선이라면 꼼짝없이 잡힌다고."

우선 섬을 한 바퀴 돌며 살피기로 했다. 핌은 섬 주위에 암초가 있을까 염려했다. 태풍보다 암초가 배를 침몰시키는 일이 더 많았다. 암초가 도사릴지도 모르는 섬에 무턱대고 가까이 갈 순 없었다.

배가 바다를 맴도는 동안 바람이 점점 거세졌다. 돛이 바람에 펄럭거리고 번갯불이 새까만 하늘을 조각냈다. 구야의 이마와 뺨에 굵직한 빗방울이 떨어졌다. 빗방울이 갑판에 콩처럼 튀었다. 천둥소리와 함께 빗줄기가 쏟아지자 바다는 점점 부풀어 올랐다. 배는 사방에서 불어오는 바람과 일렁이는 파도에 키질을 당했다.

돛은 펄럭거리며 몸을 비틀었다.

"돛을 내려!"

몇몇이 돛대에 들러붙고, 나머지는 노를 잡고, 한나와 구야는 갑판에 궤짝을 밧줄로 묶어두었다. 물마루가 높아지고, 파도에 밀린 배는 물이랑에 코방아를 찧어댔다.

"옆질이 심해, 키질을 더!"

배가 좌우로 요동치며 파도를 타 넘자 물은 거세게 배 안으로 밀려 들어왔다. 홀수선(吃水線)*에서 넘실거렸고, 종아리까지 물에 잠겼다. 선원들은 배에 실린 짐들을 바다에 던졌다. 배 주위로 궤짝들이 둥싯거렸다.

구야는 뱃전을 움켜잡고 한나를 찾았다. 뱃머리까지 밀려간 한나가 보였다. 구야가 걸음을 내딛는 순간, 파도가 만든 산이 한나에게로 무너져 내렸다. 물에 젖은 갑판이 미끈거렸지만, 한나를 파도에 내어줄 순 없었다. 구야는 엉덩이를 뒤로 빼곤 한나의 손을 잡았다. 파도와 구야는 한나를 가운데 두고 줄다리기를 했다. 구야는 이를 악물고 한나를 끌어 올렸다. 품에 안긴 한나는 따뜻하고 통통했다. 입술이 달싹거렸지만 목소리는 들리지 않았다. 구야가 손을 꼭 쥐자 한나는 초록색 눈동자를 깜빡거렸다. 구해냈다는 기쁨과 살아났다는 기쁨이 함께했다. 빗줄기는 조금씩 가늘어졌다.

---

* 선체가 물에 잠기는 한계선.

*

비는 그쳤지만, 배는 가라앉기 일보 직전이었다. 섬으로 가서
배를 대야 한다. 콩팥칠팔 따질 새가 없었다. 낯선 섬에 가까스
로 배를 대자 다들 기다시피 해서 모래밭으로 내려갔다. 땅이 물
렁거렸다. 선원들은 휘청휘청 발길을 옮겼다.

구야는 모래밭에 몸을 누였다. 밤새도록 호랑이 여섯 마리랑 씨
름을 한 듯 진이 빠졌다. 다들 그렇게 한참을 누워만 있었다. 젖은
옷이 마를 즈음 한나가 일어나 엉덩이에 묻은 모래를 털었다.

"구야, 배고프지?"

밥을 지어주겠다는 말에 구야도 물에 젖은 볏단을 세우듯 몸
을 일켰다. 한나가 쌀을 씻고 밥을 안치고, 구야는 삭정이와
마른풀을 주웠다. 허리를 굽히면 곡소리가 절로 났다.

해변에 고소한 밥 냄새가 풍겼고, 장막을 치던 선원들이 솥으
로 모여들었다. 뜨거운 밥을 홀홀 불어가며 먹는데, 낯선 사람들
이 나타났다. 멀찍이 떨어져서 이편을 힐끔거렸다. 선원 몇은 나
이프를 빼 들고, 구야는 돌멩이를 움켜쥐었다. 낯선 남자들은 혼
비백산하여 달아났다.

"식인종 아니야, 저것들?"

미지의 섬에 상륙한 선원들이 식인종의 제물이 되었다는 흉흉
한 소문이 떠돌기도 했다.

"말도 안 되는 소리."

만약 이 섬이 히라도라면 나가사키도 멀지 않다. 도망친다면 네덜란드로 가는 길과도 멀어진다. 당장 만신창이가 된 배를 바다로 끌고 나갈 엄두도 나지 않았다. 선원들은 좀처럼 의견을 좁히질 못했다. 몸은 나른하고 배까지 부르니 그저 쉬고만 싶었다. 그들이 해변에서 미적대는 사이에, 저편에서 배 두 척이 다가왔다. 하멜은 놋쇠 망원경을 꺼내 들어 배를 살폈다.

"넷, 다섯, 모두 여섯 명이 탔어."

"다들 옆구리 칼, 그것도 두 자루씩."

선원들은 물벼락을 맞은 개미떼처럼 흩어졌다. 선원들은 장막을 걷고 구야와 한나는 솥과 쌀을 챙기곤 배로 달음질쳐 갔다. 선원들은 밧줄을 풀어 닻을 끌어 올렸다. 뱃머리는 천천히 바다 쪽으로 돌아갔다. 맞은편에서 다가오던 배는 네덜란드 선원들의 배를 지나쳐 해변으로 향했다.

왜 그냥 지나가는 걸까. 겁만 줘서 쫓아내려던 걸까.

의문은 잠시 뒤에 풀렸다. 섬을 돌아 나온 배 두 척이 앞길을 막으며 빠른 속도로 다가왔다. 핌은 구야와 한나에게도 여벌 노를 내밀었다.

"가까이 오면 배를 미는 거야. 알았지?"

간격이 점점 좁혀졌다. 작은 돛까지 펼쳤지만 배는 자꾸 섬 쪽으로 떠밀려갔다. 구야는 노를 쥔 손에 힘을 주었다. 핌은 네덜란드의 상징인 황태자 깃발을 꺼내 흔들었다.

"네덜란드, 나가사키!"

뱃머리의 남자가 섬 쪽을 향해 손가락질했다.

"배를 섬에 대란 모양인데, 어떡하지?"

낯선 배가 바닷길을 막아섰고, 칼을 찬 낯선 사람들이 바닷가에 진을 쳤다. 앞뒤가 막혔으니, 달아날 구멍이 없었다. 구야를 태운 배는 천천히 섬 쪽으로 뱃머리를 돌렸다. 배 두 척이 그림자처럼 따라붙었다.

배가 해변에 멈추자 허리춤에 한 척*쯤 되는 칼을 찬 남자들이 첨벙거리며 다가왔다. 해변에 세워진 가마에서 붉은 비단옷에 푸른 겉옷을 걸친 남자가 나오자, 가래와 낫을 든 사람들이 일제히 허리를 숙였다. 뿔로 만든 칼과 검은 옻칠을 한 칼을 나눠 찬 모양새를 보니 우두머리 같았다. 비단옷에게 굽실거리던 옴팡눈이 종종걸음으로 다가왔다. 핌과 옴팡눈은 마주 서서 손짓 발짓을 했다.

"지팡구**? 지팡구?"

옴팡눈이 고개를 끄덕이자 네덜란드 선원들은 드디어 일본에 도착했다며 환호성을 질렀다. 구야만 슬그머니 몸을 낮췄다. 조선인들 사이에서는 네덜란드인들이 별종이었다. 반대로 지금은 구야만 양떼 속의 까만 양처럼 도드라졌다. 칼을 찬 남자들은 자

---

\* 30센티미터.
\*\* 일본을 가리킨다.

30

기들 배에 올라타라고 말했다.

"어디로 가는 거야?"

"모르겠다. 여하간 저들을 따라가야 네덜란드로 갈 수 있을 거다."

구야를 태운 배는 섬을 돌아가 반대편 해안에 멈췄다. 일행이 배에서 내리자 날붙이를 든 일본인들이 산 저쪽을 가리키며 걷는 시늉을 했다. 어디로 데려가는지는 알 수 없었다.

절벽 아래로 난 길을 올라가 숲에 들어섰다. 잡목과 높다란 나무가 뒤섞여 어둑했다. 사람들 얼굴은 나뭇잎 그림자로 얼룩덜룩했다. 머리 위에선 날갯짓 소리가 들렸다. 새는 보이지 않았다. 울음소리를 쫓아 하늘을 봤다. 나뭇가지가 겹겹이 가린 하늘 속으로 새들은 빨려 들어가듯 사라졌다. 바위 곁 휘어진 길로 들어선 구야는 소매에 달라붙은 도둑 억새풀 열매를 떼어냈다. 앞장선 사람들은 막대기로 나뭇가지를 후려치며 길을 냈다. 휘어졌다 튕겨온 나뭇가지가 정강이를 때리자 구야는 다리를 감싸고 주저앉았다. 정강이를 문지르며 어깨 너머를 살폈다.

'달아나야 한다. 이대로 끌려가 어찌 될지 모른다.'

구야가 몸을 일으키자 한나가 팔뚝을 잡았다. 귀엣말로 도망칠 거냐고 물었다. 구야는 일본 사람들이 조선인인 자신을 해코지할 거라고 말했다.

"그게 뭐 어때서? 나도 반은 조선 사람이야."

"반은 네덜란드 사람이잖아."

"달아나다 잡히면 어쩌게?"

한나는 구야를 놓아주질 않았다. 뒤편에서 고함 소리가 들렸다.

"구야, 나도 겁나. 혼자만 달아나지 마."

한나가 구야의 손을 꼭 잡았다.

구야는 엉거주춤 몸을 일으켰다. 지레 겁먹고 달아난다고 해서 살 길이 트이는 건 아니다. 낯선 곳에서 혼자 남느니, 차라리 함께 길을 찾는 편이 나을 듯싶었다.

*

산길을 내려가 마을에 도착했다. 움막집들을 지나쳐 커다란 대문 앞에 멈춰 섰다. 구야 일행은 횃불이 밝혀진 마당으로 들어갔다. 비단옷이 옷자락을 펄럭이며 대청마루에 앉았다. 옴팡눈과 땅딸보가 비단옷 양옆에 섰다.

"나가사키, 네덜란드?"

땅딸보가 더듬더듬 뱉어낸 네덜란드라는 말에 선원들은 다투어 말문을 열었다.

"우리는 동인도회사 스페르베르호의 선원들이다. 배가 좌초해 13년 동안 조선에 갇혀 있었다. 고향으로 돌아가고 싶다."

땅딸보는 막부의 외국 표류민 처리 규정에 따라 외국인들은 나가사키로 이송된다고 말했다. 그러려면 대표 두 사람이 나가사키로 가서 동인도회사 직원이란 걸 확인받아야 한다. 핌과 하멜이 나서자 한나는 아버지 핌의 소맷자락을 잡았다.

"괜찮을 거다. 우린 곧 네덜란드로 돌아갈 거야."

한나는 울먹이며 핌을 배웅했다. 구야가 그 곁을 지켰다.

남은 네덜란드 선원들은 해변의 배로 돌아갔다. 일본인들은 끼니때마다 음식과 물을 가져다주고 비를 가리라며 멍석으로 배를 덮어주었다. 파수꾼들은 네덜란드 선원들이 배 밖으로 나갈 때마다 따라붙었다. 네덜란드 선원들은 배에 갇혀 하멜과 핌을 기다렸다. 일이 어떻게 진행되는지를 물으면 일본인들은 뚱한 표정으로 바라보기만 했다. 말귀를 못 알아들으니 서로 답답하긴 매한가지였다.

한나는 핌을 걱정하느라 잠을 설치곤 했다. 걱정거리를 끌어안고 끙끙거리긴 구야도 마찬가지였다. 조선인인 게 발각되어 코를 잘리거나 귀를 잘리는 건 아닐까. 낯선 땅에서 짐승처럼 일만 하다 죽는 건 아닐까. 구야는 뱃전에 앉아 먼바다를 바라보았다. 수평선 저편이 조선이다. 하지만 조선으로 돌아간들 구야를 맞아줄 사람도 없다. 찾아갈 데도 없다.

조선 땅엔 구야를 귀히 여겨주는 사람은 하나도 없다. 그리운 사람들은 다들 땅에 묻혔다. 봄이 오면 싹이 움트고 꽃이 피지만, 그들은 영영 돌아오질 않는다. 그 봄날 이후, 구야는 늘 떠도는 신세였다.

*

집을 떠나기 전 구야는 호랑이 얼굴을 올려다보았다.

대문에 붙은 호랑이가 씩 웃었다. 부아가 치밀었다. 구야는 호랑이 그림을 떼어 눈덩이처럼 뭉쳤다. 이놈의 호랑이 그림은 아무짝에도 쓸모가 없다. 호열자*로부터 아무도 지켜주질 못했다.

초봄부터 구야가 사는 마을에 전염병이 들불처럼 번졌다. 호랑이가 물어뜯는 것 같은 고통을 준다고 호열자(虎列刺)라고 불렀다. 사람들은 속절없이 쓰러졌다. 복통에 시달리다 쌀뜨물 같은 설사를 하고는 온몸에 물기가 말라 죽어갔다. 마땅한 약이나 치료법도 없으니, 코에 마늘을 꽂거나 굿이나 해댔다.

구야네 집에서는 할아버지가 제일 먼저 쓰러져 자리보전을 했다. 안절부절못하던 아버지는 호랑이 그림이 호열자에 효험이 있다는 소문을 듣고는 붓을 잡았다. 뭐라도 해야만 했다. 사람들은 호랑이 그림을 호열자 귀신을 쫓는 부적으로 삼았다. 하지만 꽃, 나비, 곤충만 그렸던 아버지는 호랑이 그림엔 젬병이었다. 꽃밭 속의 호랑이라니. 꽃은 송이송이 고왔고 호랑이는 꽃향기에 취해 벙긋 웃었다. 동네 칠푼이 같은 호랑이를 보고 호열자 귀신이 겁먹을 리 없었다.

---

* 콜레라.

34

할아버지라면 분명 용맹한 호랑이를 그렸을 거다. 하지만 호열자에 걸린 할아버지는 붓을 쥘 힘이 없었다. 호랑이 그림을 대문에 붙이고 아버지마저 앓아누웠다. 아버지의 병구완을 하던 어머니도 열이 올랐다. 동생들은 종종걸음으로 뒷간을 오가다 쓰러졌다. 방방마다 가족들이 고열과 설사에 시달렸다. 혼자만 멀쩡했던 구야는 방을 오가며 요강을 비우고 자리끼를 채웠다. 아홉 살배기가 할 수 있는 일은 그게 전부였다. 구야는 방구석에 쪼그리고 앉아 훌쩍거렸다.

할아버지는 숨을 몰아쉬며 구야에게 그림을 그려보라고 했다. 뭉그적거리는 구야에게 화구를 꺼내오라고 재촉했다. 구야는 바닥에 깔린 종이를 내려다보기만 했다. 뭘 그려야 할지 몰랐다.

"······"

할아버지는 붓을 달라고 하더니 삐뚤삐뚤 선을 그렸다. 종이 위에 일그러진 보름달이 그려졌다. 구야가 코를 훌쩍거리며 이게 무어냐고 묻자 할아버지는 구야에게 붓을 넘겨주었다. 할아버지의 손이 닿은 붓대가 뜨끈했다.

"뭐든······ 너 좋은 거, 채워봐라."

안이 텅 빈 동그라미는 달 같기도 하고 얼굴 같기도 했다.

"뭘······"

구야가 뭘 그려야 할지 물었지만, 할아버지는 천장을 올려다보며 힘없이 웃기만 했다. 구야는 호열자를 쫓아줄 호랑이를 그리려고 했다. 그림을 본 할아버지의 입가가 올라갔다.

"이거…… 우리…… 구야로구나."

할아버지는 손을 뻗더니 구야의 얼굴을 어루만졌다. 손으로 구야의 얼굴을 조목조목 기억해두려는 것 같았다. 손을 거둔 할아버지의 입가엔 미소가 서려 있었다.

할아버지는 웃는 얼굴로 숨을 거뒀다. 눈물이 채 마르기도 전에, 아버지는 구야를 앉혀놓고 어머니와 동생들을 부탁했다. 구야가 울음을 터뜨리자 아버지의 눈가도 젖어들었다. 아버지는 꽃 그늘 아래 묻어달라는 말을 끝으로 눈을 감았다. 다음 날 아침 동생 둘이 차례로 숨을 놓았다. 일곱 살, 다섯 살짜리 동생들은 왜 이런 일이 생겼는지 모르겠다는 듯 눈을 동그랗게 뜨고 숨졌다. 동생들의 몸은 지나치게 가벼웠다. 구야는 둘을 나란히 눕혀놓고 이불을 덮어주었다. 하얗고 조그만 발들이 이불에 가려졌다. 방을 나서니 봄이었다. 햇빛은 구야 속도 모르고 반짝거렸다.

어머니는 방으로 들어온 구야에게 동생들의 안부를 물었다. 구야는 아무 말도 하지 못했다. 열과 설사로 물기가 말라버린 어머니는 눈물 없이 끄윽끄윽 울었다. 구야는 어머니 곁을 떠나질 못했다. 눈을 떼면 어머니마저 떠나버릴 것만 같았다.

"구야…… 너, 거기 있니?"

어머니가 구야의 손을 찾아 쥐었다. 입가에 귀를 가져다 대자 어머니는 어떻게든 살아남으라고 더듬거리며 말했다. 구야는 대답 대신 어머니의 손만 조몰락거렸다. 뼈만 앙상하게 남은 손은 뜨거웠다. 어머니는 다그치듯 구야의 귓바퀴를 잡아당겼다. 구야가 고개를 주억거리자 그때서야 어머니는 눈을 감았다. 코밑에 손을 대니 숨이 들락날락했다. 구야도 어머니 곁에 몸을 누였다. 잠이 밀려들었다. 꿈속에서 구야는 더 어렸던 시절로 돌아갔다.

여섯 살 구야는 늦잠에서 깨어나 허둥지둥 대문 밖을 나섰다. 짚신을 끌며 텅 빈 골목길을 뛰어갔다. 골목 저편에서 초록색 치맛자락이 나비처럼 팔랑거렸다. 골목을 도니 애타게 찾던 사람들이 보였다. 구야는 뛰어가 어머니에게 답삭 안겼다. 어머니의 품은 따뜻했고 풀 먹인 옷에서는 향긋한 냄새가 났다. 꿈에서 깨어난 구야는 곁에 누운 어머니의 손을 잡았다. 차가웠다. 안겨든 어머니 품은 눈사람처럼 차가웠다. 아무리 울어도 어머니는 구야를 달래줄 수 없다.

*

구야는 가족이 모두 떠난 집을 혼자 지켰다. 장지문에 어린 제 그림자만 멍하니 바라보았다. 밤이 찾아들었다. 무섬증은 소리들을 부풀렸다. 나뭇가지 사이를 비집고 들어온 바람은 울음소리를 냈다. 감나무 잎이 떨어지는 소리는 저승사자의 발자국 소리 같았다. 자박자박 다가오는 죽음을 구야는 기다렸다. 혼자 살아갈 길이 아득했다. 어둠은 낯익은 것들을 낯설게 둔갑시켰다. 벽에 걸린 도포는 등 돌린 저승사자 같았다. 촛대는 방바닥에 꽂아둔 야차 팔뚝 같았다. 바람은 벽에 비친 촛불 그림자를 어지럽혔다.

무서웠다. 살려면 집을 떠나야 했다. 어디로 가야 할지도 몰랐다. 가족을 두고 차마 발길이 떨어지질 않았다. 죽은 사람은 잠든 것만 같았다. 기다리면 언젠간 일어날 듯싶었다. 까무룩 잠든 구야의 꿈속에 가족이 나타났다. 밥상에 둘러앉아 구야를 불렀다. 빈 밥그릇이 달그락거렸다. 동생들은 푸르죽죽한 얼굴로 수저질을 했다. 어머니는 썩은 생선 살을 발라 수저에 올려주었다. 구야는 밥상에 둘러앉은 가족들을 둘러보았다. 죽음은 그리운 사람들의 얼굴을 낯설게 만들었다. 구야는 비명을 지르며 일어났다. 죽은 사람은 영영 돌아오지 않는다. 작별 인사를 해야 한다. 어머니는 어떻게든 살아야 한다고 말했다. 살려면 떠나야 한다. 죽은 사람들은 구야의 등을 떠밀었다.

동이 트자마자 구야는 대문을 나섰다. 문짝에 붙은 호랑이가 눈에 띄었다. 가족들이 죽은 건 저 호랑이 탓이다. 호열자 귀신을 막질 못했다. 구야는 자기라도 호랑이 그림을 제대로 그렸다면 가족들이 살았을지도 모른다고 생각했다. 누구든 붙잡고 왜 이런 일이 생겼느냐고 묻고 싶었다. 산 사람은 달아나고 죽은 사람만 남은 동네에서 구야에게 대답해줄 이는 아무도 없었다. 구야는 애꿎은 호랑이 그림을 떼어내 뭉쳐 바닥에 내팽개쳤다. 바람이 종이 뭉치를 살살 굴렸다. 굴러가는 종이 뭉치는 아버지가 그린 마지막 그림이었다. 휴지 뭉치처럼 사라지게 둘 순 없었다. 달려가 집어 들었다. 호랑이 얼굴엔 잔뜩 주름이 졌다. 한 번 구겨진 종이는 아무리 문대도 말끔히 펴지질 않았다. 호랑이는 더 이상 바보처럼 웃지 않았다. 죽기 직전 가족의 얼굴이 떠올랐다. 아픔과 슬픔, 안타까움과 아쉬움은 얼굴에 자국을 남겼다. 그늘진 얼굴로 구야는 뒤돌아섰다.

구야는 골목길을 달렸다. 등에서 봇짐이 달싹거렸다. 여기저기에 죽은 사람들이 보였다. 보지 않으려고 애쓰며 달렸다. 구야는 숨을 헐떡이며 마을 입구에 멈춰 섰다. 느티나무 아래 오동이가 나무 그늘을 덮고 잠들었다. 동갑내기 오동이와 구야는 단짝 친구였다. 초립둥이 씨름에선 맞수였고, 시냇가에서 서로 아랫도리를 잡아당기며 자맥질을 쳤다. 둘은 바람만 불면 언덕에 올랐다. 오동이는 연싸움을 좋아했고, 구야는 연에다 그림을 그렸다. 둘이 만든 연은 네모진 얼굴로 하늘에서 너울거렸다.

구야는 오동이 얼굴을 내려다보았다. 개미들이 오글거렸다. 귓구멍과 콧구멍까지 들락거렸다. 나뭇잎으로 오동이 얼굴을 비질했지만 개미는 자꾸 기어 나왔다. 검은 점이 오글거리는 얼굴을 두고, 구야는 동네 언덕으로 뛰어올랐다.

언덕에서 내려다본 지붕들은 무덤 같았다. 그 위로 구름이 무심히 흘러갔다. 팔랑거리는 나비 두 마리는 배웅 나온 동생들 같았다. 손을 뻗자, 바람결에 날아가듯 사라졌다. 구야는 구르듯 언덕을 내려갔다. 강이 길을 막자 뱃삯으로 어머니의 옥비녀를 건넸다. 봇짐 속 물건을 팔아 봄을 났다. 여름이 지나자 봇짐에는 화구만 남았다.

전쟁과 전염병이 휩쓸고 지나간 땅은 황폐해졌고 인심도 메말랐다. 구걸로 허기를 채우지 못해 토끼처럼 날배추 잎을 뜯고 까마귀처럼 덜 익은 옥수수 알을 파먹었다. 허드렛일을 도우며 헛간에서 잠을 청했고 다리 밑에 살던 각설이 패와 몰려다녔다. 각설이타령이 입에 붙을 즈음 태풍으로 다리가 무너졌고 각설이 패는 뿔뿔이 흩어졌다. 굶주림과 헤어짐에 점차 익숙해졌다. 길을 떠돌다 임자 없는 무덤 곁에 몸을 누였다. 하늘의 별들은 쌀알 같았다. 울면 허기지니 눈물도 삼켰다.

겨울이 닥쳐왔다. 군불을 뗀 방에서 고구마를 베어 먹고 동치미 국물이나 마시던 구야는 비로소 겨울의 민낯을 보았다. 살벌하고 매서웠다. 배고픔에 추위가 더해졌다. 곰이나 개구리처럼 겨울잠을 잤으면 싶었다. 허리께까지 쌓인 눈을 헤치고 고갯마루에 올랐다. 눈 덮인 지붕들은 밥 덩이 같았다. 굴뚝에선 연기가 피어올랐다. 따뜻한 아랫목과 밥 생각이 간절했다. 구야는 비틀거리며 고개를 내려갔다.

*

구야는 열두 살이 되기 이틀 전 염라댁 주막 앞에 쓰러졌다. 봉놋방에서 눈을 뜬 구야는 저승에 온 줄 알았다. 주모의 얼굴은 영락없이 염라대왕이었다. 거무튀튀한 낯빛과 송충이 같은 눈썹, 툭 튀어나온 두툼한 입술. 그러나 험상궂게 생긴 주모는 구야를 거둬주었다. 쉰 국밥을 내주고 바람 막아줄 벽이 있는 헛간에 재워주었다. 자식이 없다며 수양아들로 삼겠다고 했다. 머리털 검은 짐승은 거두지 말라는 마을 사람들에게 염라댁은 천애 고아를 내쫓겠느냐며 눈물까지 글썽거렸다. 주모는 천상에서 쫓겨난 선녀 같았다. 옥황상제가 복숭아 심부름을 시켰는데, 버드나무 아래에서 선비랑 노닥거리다 내쳐진 선녀 말이다. 옥황상제의 진노로 생김새야 험악해졌지만 마음만큼은 선녀 같다고 생각했다. 그러나 주모가 뒤집어쓴 선녀 탈은 차차 벗겨졌다. 마을 사람들은 구야를 새경도 못 받고 죽어라 일하는 우직한 소라고 놀려댔다. 구야는 닭도 조는 새벽에 일어나 물을 긷고, 장작을 패고, 솥에 밥을 안치고, 달걀을 모으고, 시래깃국을 끓이고, 파를 다듬고 마늘을 깠다. 염라댁이 기르는 개, 주먹이의 밥을 말고 닭 모이도 줘야 했다. 점심이면 봉놋방을 걸레질하고, 볕 좋은 날엔 돗자리를 꺼내 벼룩을 털어내고, 염라댁의 머리에서 통통한 서캐도 잡았다. 개밥바라기 별이 뜨면 온종일 손님들이랑 노닥거리던 염라댁 다리를 주무르고, 저녁 설거지를 끝낸 뒤 녹초가 되어 헛간으로 기어 들어갔다.

염라댁은 구야가 손을 놀리는 꼴을 보질 못했다. 초가이엉을 얹고, 외상 술값을 받으러 동네방네 돌아다니고, 새끼를 꼬아 짚신을 삼으며, 설피를 신고 눈 쌓인 산을 누비며 땔감도 구했다. 장정 머슴 두엇이 허덕거리며 할 일을 구야 혼자 도맡았다. 머슴 일은 감당하겠지만, 영영 이렇게 살까 겁이 났다. 떠날 밑천이라도 마련하고 싶었다. 구야가 넌지시 삼돌이가 새경을 타서 염소를 샀다거나, 자그노미가 새경으로 산 땅에서 금덩이를 캤다는 이야기를 꺼내면 대번에 짚신짝이 날아왔다. 명중률도 높았다. 염라댁은 오갈 데 없는 놈을 거둬주고 먹여준 게 누구냐고 호통을 쳐댔다. 평생 아무런 희망 없이 머슴으로 늙을 생각을 하니 막막했다. 곰방대를 물고 주막 평상에 앉아 무릎을 두드리며 놓친 세월을 한탄하겠지. 손이 굳어 더 이상 그림도 그리지 못할 거다. 더 이상 미적거리면 안 된다. 하지만 염라댁 말마따나 구야는 끈 떨어진 연 신세다. 어디로 훌훌 날아가든 어디에 곤두박질치든 아쉬워할 사람 하나 없다. 막막하게 떠돌고 싶지 않았다. 추위와 굶주림을 다시 겪긴 싫었다. 하지만 이렇게 붙들려 있기도 싫었다. '어떻게 하지.' 하늘 저편으로 구름만 천천히 흘러갔다.

*

봄날, 주막에 이상한 손님이 나타났다.

염라댁은 장터에 씨름 구경을 가고 구야 혼자 주막을 지켰더랬다. 염라댁이 주막을 나서자 구야는 헛간으로 뛰어 들어갔다. 그림을 그리고 싶어 손이 근질대던 참이었다. 종이를 펼쳐두고 안개에 둘러싸인 산봉우리를 쳐다보았다. 오랫동안 그림을 그리지 않아 손이 굳어버렸다. 산은 겨우 그렸는데, 산허리를 둘러싼 안개가 막막했다. 뿌연 안개니 쌀뜨물을 써볼까, 붓끝을 쪽쪽 빨아 농담(濃淡)을 조절해볼까 궁리하는데 주먹이가 요란하게 짖

어땠다. 붓이 엇나가고, 하늘에 굵은 먹선이 그어졌다. 안개 대신 시커먼 이무기가 산을 둘러쌌다.

'주먹이 저놈, 왜 저렇게 짖어대.'

구야는 헛간을 나서 마당으로 향했다. 사립문 앞에서 주먹이가 가랑이 사이에 꼬리를 말아 넣고 끙끙거렸다. 뭘 보고 겁을 먹은 거지? 구야가 두리번거리는데, 코맹맹이 소리와 함께 사립문 안으로 누군가가 들어섰다.

붉은 머리털, 허연 얼굴, 파란 눈동자가 도깨비 같았다. 구야는 그 자리에서 얼어붙고, 주먹이는 부리나케 개집으로 숨어들었다. 염라댁은 주먹이가 호랑이를 일곱 마리나 잡아 팔자를 고친, 지리산 명포수가 거느렸던 사냥개의 딸이라고 했다. 개뿔이다. 주인을 버리고 제 살길만 찾는 똥개는 버려두고, 구야는 싸리 빗자루를 주워 들었다. 떨리는 손으로 빗자루를 움켜쥐는데 웬 계집애가 마당으로 들어섰다. 구야는 넋이 나가 계집애를 바라보았다. 새하얀 얼굴에 날 선 코, 뺨은 꽃잎을 문지른 듯 발갰다. 햇살에 계집애의 옥빛 눈동자가 반지르르 빛났다. 구야는 빗자루를 들고 선녀 같은 계집애를 바라보았다. 도대체 무슨 조화로 한날 한시에 도깨비와 선녀가 주막에 나타난 걸까.

"국밥 두 그릇만 말아줘."

계집애와 도깨비는 평상에 앉았다. 구야는 허둥지둥 부엌으로 들어갔다. 아궁이 앞에 앉아 마음을 다잡았다. 암만 해도 귀신에게 홀린 것 같았다. 마당에 나섰는데 몽당 빗자루 두 자루만 남아 있으면 어쩌나.

"국밥은 언제 줄 거야!"

재촉하는 계집아이 목소리가 들렸다. 구야는 국밥을 말아 마당으로 나갔다. 평상에 국밥을 올려놓자 계집애와 도깨비는 허겁지겁 수저질을 했다. 구야는 툇마루에 앉아 그들을 힐끔거렸다.

도깨비는 젓가락질이 서툴렀다. 김치 조각이 자꾸 평상으로 떨어졌다. 계집애는 젓가락으로 김치를 찢어 수저에 올려주었다. 도깨비는 혀짤배기소리로 말했다. 제주도에서 올라온 말 장수나 강원도 소금 장수 같았다. 반면 계집애는 조잘조잘 잘도 떠들었다. 도깨비는 계집아이를 한나라고 불렀다. 이름은 요상했지만 초록색 눈은 참 고왔다. 구야는 물끄럼말끄럼 계집애를 바라보다 눈이 마주쳤다.

"야, 너 뭘 자꾸 쳐다봐."

"……"

"안 들려? 왜 자꾸 쳐다보느냐고."

초록색 눈동자가 반짝거렸다. 시냇물에 잠긴 옥색 돌멩이 같았다. '예뻐서 그래, 라는 말을 하면 바보 취급을 당할 거다.' 구야는 불쑥 엉뚱한 소리를 내뱉었다.

"그 눈, 원래부터 그랬어?"

한나가 뱁새눈을 떴다.

"태어날 때부터 이랬다. 어쩔래?"

발끈하는 한나 앞에서 구야는 어쩔 줄 몰랐다. 친해지고 나서야 구야는 한나가 남들이 자기를 쳐다보는 걸 질색한다는 사실을 알았다. 조선 여자와 네덜란드인 사이에서 태어난 한나는 갓난쟁이 때부터 동네 구경거리였다. 계집애들은 각시 인형 같다며 장난감 삼았고, 사내애들은 개구리눈이라고 놀려댔다. 한나는 놀리는 아이들 앞에서 엉엉 울곤 했다.

빈 국밥 그릇을 남기고 둘은 주막을 나섰다. 구야는 사립문에서서 그들의 뒷모습을 한참 바라보았다. 한나가 한번쯤은 뒤돌아보기를 바랐다.

저녁 무렵 염라댁이 장터에서 돌아왔다. 이상한 손님 이야기를 꺼내자 염라댁은 그들이 관아에 갇혀 잡일을 하는 아란타인이라고 했다. 당시 조선 사람들은 네덜란드를 '아란타(阿蘭陀)' 혹은 '화란(和蘭)'이라고 불렀다. 아란타인들이 한양에서 죄를 지어 유배를 왔다고 하기에, 무슨 죄를 졌느냐고 묻자 마당이나 쓸라고 했다. 비질을 할수록 궁금증이 쌓여갔다. 초록색 눈동자가 소금쟁이마냥 머릿속에서 맴돌았다. 꿈속에도 들락거렸다. 두 개의 초록별은 살아 있는 듯 저편에서 두근거렸다. 손을 뻗으면 멀리로 갔다. 그 아이의 얼굴을 그려보고 싶었다. 종이에 옮겨 간직하길 바랐다. 그 뒤로 구야는 사립문 밖을 내다보는 버릇이 생겼다. 다시 한 번 만나면, 부끄러움을 무릅쓰고 부탁해야지. 하지만 도깨비 부녀는 다시 주막에 오질 않았다. 오지 않으면 찾아가는 수밖에 없다. 읍내에 갈 날만 학수고대하던 구야는 염라댁이 외상값을 받아 오라고 하자 헛간에 숨겨둔 화구들을 꺼내 주막을 나섰다. 외상값을 받는 건 뒤로 미루고 관아부터 찾아갔다. 아란타인에게 외상값을 받으러 왔다고 하니 관아 문을 지키던 정 포졸이 길을 열어주었다.

행랑채 마당에는 깃털 빠진 암탉 한 마리만 땅을 쪼아댔다. 빨랫줄에는 큼지막한 옷들과 이불이 널려 있었다. 이불을 들추자 빛이 어른대는 장지문 안쪽에서 목소리들이 들렸다. 구야는 발소리를 죽이며 살금살금 댓돌에 올라섰다. 툇마루에 엉덩이를 걸치고 귀를 세웠다. 목소리 굵은 남자들이 도통 알아듣지 못하는 말을 해댔다. 계집애 목소리는 들리지 않았다. 한나는 여기 없는 걸까.

"아야!"

어깨에 번개가 내리꽂혔다. 지게 작대기로 얻어맞은 구야는 툇마루를 뒹굴었다. 정수리에 지푸라기를 얹은 사내가 걸걸한 목소리로 뭐라고 소리쳤다.

"그룩스, 무슨 일이야!"

문이 열리고 사내들이 쏟아져 나왔다. 봉두난발에 알록달록한 머리털을 한 사내들은 다짜고짜 구야를 방으로 끌고 갔다. 주막에서 봤던 붉은 머리털이 조선말로 구야에게 물었다.

"무슨 속셈이냐, 여기에. 왜 엿들었느냐?"

길을 잃었다고 하니까 지푸라기 머리 그룩스는 구야를 윽박질렀다.

"엿듣고 있었지? 관아에 고해바치려고."

지푸라기 머리가 눈을 부라리며 구야의 짐을 빼앗았다. 화구가 끌려 나오자 그들은 이게 뭐냐고 물었다.

"그림 그리는 도구라고?"

문이 열리고 한나가 밥상을 들고 들어왔다. 구야는 한나를 보고 알은체를 했지만, 한나는 샐쭉한 얼굴로 밥상을 내려놓았다. 주막집 아이라는 한나의 말에, 사내들은 주막집 머슴 놈이 왜 여기서 어슬렁대느냐고 을러댔다. 구야는 그림을 그리러 왔다고 대답했다.

"그림?"

지푸라기 머리는 야만인 나라에 무슨 화가냐, 엿보다가 들키니까 핑계를 대는 거라고 했다.

"여기 와서 뭘 그린다고? 우리가 네 구경거린 줄 알아?"

구야가 한나를 가리키자 붉은 머리털이 자기 딸을 왜 그리고 싶으냐고 물었다.

구야가 빨개진 얼굴로 아무 말도 못하니까 선원들은 키득거렸다. 얼굴이 화끈거려 구야는 고개를 푹 숙였고, 붉은 머리털은 호탕하게 웃더니 한나의 뜻을 물었다.

"그리고 싶으면, 어디 한번 그려봐."

구야는 슬그머니 고개를 숙이고 화구를 꺼냈다. 다른 사람들이 밥을 먹는 사이, 구야는 한나의 얼굴을 그렸다. 이렇게 마주 볼 수 있다는 게 마냥 기뻤다. 호롱 불빛에 초록색 눈동자가 반들거렸다. 얕은 데선 밝게 일렁이고, 깊은 데선 짙어지는 물빛 같았다. 붉은 머리털은 이를 쑤석이며 그림을 들여다보았다.

"제법인데."

구야는 한나에게 그림을 넘겨주었다. 그림을 본 한나의 뺨에 보조개가 파였다.

*

그 뒤로 구야는 읍내에 올 일이 있으면 관아 행랑채에 들렀다. 처음에는 경계하는 눈치였지만 핌의 설득으로 구야는 출입을 허락받았다. 핌은 또래 친구 없이 혼자 지내는 딸이 안쓰러웠던 모양이다.

"우리한테 무슨 해코지를 하겠어, 이런 꼬마가."

동갑내기인 한나와 구야는 금방 친해졌다. 둘 다 타지에서 온 외톨이로 말동무를 하며 지냈다. 행랑채에 머무는 아란타 사람은 일곱 명이었다. 구야는 그들과 차차 얼굴을 익혀갔다. 갑판장이었던 한나의 아버지 핌은 난파할 때 죽은 선장을 대신해 우두머리 노릇을 했다. 구야는 술을 좋아하는 일등항해사 호베르에게 술지게미를 얻어다 주었다. 이발사 에보크는 구야의 머리만 보면 손이 근질거린다고 가위질하는 시늉을 했다. 그는 사람 뒤통수에 말 꼬리가 달렸다며 놀려댔다. 서기 하멜은 구야에게 네덜란드 말을 가르쳐주었고 구야는 조선말을 알려주었다. 시간이 지나자 네덜란드 사람과 말로도 이야기를 나누게 되었다. 네덜란드 사람들은 구야의 말 배우는 속도가 여간내기가 아니라고 했다. 지푸라기 머리 그룩스만은 구야를 눈엣가시로 여겼다.

"조선 놈을 어떻게 믿어? 조선인들은 다 야만인이라고!"

그룩스는 열 살 때 스페르베르호에 선동(船童)으로 올라탔다. 어린 나이에 배에 올라 마음고생이 심했고 조선 땅에서 온갖 고초를 겪었다. 탈출하다 잡혀 발바닥에 불이 나게 매질을 당하기도 했다. 그에게 조선은 지긋지긋한 유형지였고, 마음은 늘 고향 네덜란드로 향했다.

"구야, 튤립도 그릴 수 있어?"

생전 처음 들어본 꽃 이름이었다. 보지도 못한 꽃을 그릴 수는 없다고 하자 한나는 아쉬워하는 눈치였다. 조선에서 태어났지만, 한나는 네덜란드로 가길 꿈꿨다. 선원들은 모두 네덜란드를 그리워했다. 그들에게 두고 온 고향은 마냥 아름다운 곳이었다. 핌이 딸에게 들려준 동화에서 네덜란드는 꿈속 나라였다. 훈제 고기로 만든 집, 길에는 마늘 소스를 바른 살찐 거위와 칠면조가 떼 지어 몰려다닌다. 바닷가 나무에는 생선들이 열리고, 강은 포도주로 넘실대고, 도로에는 포석 대신 하얀 빵들이 깔렸다. 나무마다 과자와 사탕이 매달렸고, 오렌지빛 구름은 주스 비를 뿌린다. 입을 꼴깍거리며 한나의 이야기를 듣던 구야는 고개를 갸웃거렸다.

"무릉도원 같은 덴가?"

구야는 그런 곳이 세상에 있을 리 없다고 생각했다. 한나는 아버지가 자기한테 거짓말을 했겠느냐며 발끈했다. 훗날에야 구야는 핌이 오래전부터 전해 내려온 게으름뱅이 천국 이야기를 네덜란드 이야기로 꾸며 들려줬다는 걸 알게 됐다. 핌은 어머니를 잃은 한나에게 그 이야기를 자장가처럼 들려줬다. 꿈같은 이야기들로 딸을 재우곤 했다.

"거기엔 나처럼 초록색 눈의 아이들도 많대."

한나의 이야기를 들으며 구야도 네덜란드를 그리게 되었다. 에보크는 네덜란드에는 양반도 상놈도 없다고 했다. 하멜은 네덜란드에서는 그림 그리는 사람들이 대접을 받는다고 했다. 화가들의 천국이라고 했다. '거기 가면 그림을 마음껏 그릴 수 있단 거지.' 구야도 어느 새 네덜란드를 꿈꿨다.

네덜란드 선원들은 애타게 돌아갈 날을 기다렸다. 그들은 조선에서 힘겹게 살았다. 관아에서 주는 쌀과 소금, 옷은 넉넉하지 않았다. 흉년이 닥치면 그마저 드문드문했다. 나무껍질을 벗겨 먹고 풀뿌리를 캐거나 구걸을 해서 먹고 살아야 했다. 조선의 추위는 매서웠다. 땔감을 구하려고 눈 덮인 산을 헤매 다녔고 몇몇은 고뿔*에 걸려 시름시름 앓다가 세상을 등졌다.

네덜란드 사람들은 고향으로 돌아가고 싶었다. 하지만 임금은 네덜란드인들이 조선 땅을 빠져나가서는 안 된다고 못을 박았다. 청나라 오랑캐와 왜놈들이 조선 땅에 들어와 전쟁을 일으켰다. 우리 땅 밖에서 온 것들은 모두 위험하고 수상쩍다. 이 땅에서

---

* 감기를 일상적으로 이른다.

50

첩자 노릇을 하다가 내보내주면 군대를 끌고 돌아온다. 새가 되어 날아가지 않는 한 네덜란드인들은 조선 땅을 뜨질 못한다. 하지만 견디는 데도 한계가 있었다.

"우리, 곧 여기서 달아날 거야."

탈출 계획을 일러준 이는 한나였다. 홍 판서댁 딸이 시집가는 날을 거사 일로 잡았다고 했다. 배만 구하면 무작정 떠날 작정이란다.

"다들 떠난다고?"

한나가 구야를 물끄러미 바라보았다.

"구야, 너도 같이 갈래?"

구야는 선뜻 대답하지 못했다.

"거기 가면 그림도 그리고, 배불리 먹을 수도 있어."

나고 자란 땅을 떠날 결심을 하긴 어려웠다. 주막집 헛간에서 한참을 뒤척였다. 만약 네덜란드 선원들이 모두 떠나버리면, 구야는 또다시 혼자가 된다. 더 이상 홀로 남겨지는 건 싫었다. 한나가 떠난다. 단 하나뿐인 단짝 동무였다. 염라댁의 머슴으로 평생을 살 생각은 없었다. 붓 한 번 못 잡아보고 빗자루질만 하다가 야산 중턱에 묻히긴 더더욱 싫었다. 구야는 네덜란드인들에게 자기도 데려가 달라고 졸랐다. 처음에는 말도 안 되는 소리 말라고 내쳐졌다. 입조심하고, 걸림돌이 되지 않겠다고 맹세했다. 핌은 딸의 부탁을 거절하지 못했다. 못마땅해하는 네덜란드 선원들을 위해 배도 수소문했다. 송 영감을 달래 배를 팔겠다는 약속을 받아냈다. 그렇게 겨우겨우 조선을 떠났다.

\*

'그런데 지금은 일본 땅에 붙잡힌 신세라니.'

핌과 하멜은 돌아오지 않고 앞으로 어떤 일이 벌어질지도 알수 없었다. 애초에 조선 땅을 떠나온 게 실수였을지 모른다. 하지만 다시 돌아갈 길도 없었다. 구야는 막막한 마음으로 수평선을 바라보았다. 답답하기는 다른 선원들도 매한가지였다.

배에 갇힌 지 나흘째로 접어들자 선원들도 웅성거리기 시작했다. 조선에서처럼 낯선 땅에 발이 묶이면 어쩌지. 여우 굴을 빠져나와 호랑이 굴로 뛰어든 거면 어떻게 하나.

"이대로 계속 기다리고만 있을 순 없다고!"

선원들은 머리를 맞대고 탈출 방법을 궁리했다. 그룩스와 클라켄이 파수꾼들을 기습 공격하면, 나머지는 닻을 풀고 배를 바다로 밀자.

"아버지와 하멜 아저씬요? 둘만 두고 우리끼리 달아나자는 거잖아요!"

네덜란드 선원들은 한나에게 일단 달아나서 그들을 구해낼 방법을 찾자고 설득했다. 한나는 조금만 더 기다리자고 애원했다.

"언제까지? 조선에서 우리가 당한 걸 생각해봐."

한나는 파수꾼들에게 물어보고 오겠다고 말했다. 파수꾼들과 말이 통하지 않는데 어떻게 묻느냐고 선원들이 따지자 한나는 어떻게든 해보겠다며 배 밖으로 나갔다. 구야도 한나를 뒤따라 모래밭으로 뛰어내렸다.

바위에 따개비처럼 붙어 앉아 있던 파수꾼들은 한나와 구야를 보자 배로 돌아가라고 턱짓했다. 한나가 개의치 않고 다가가려는데 창을 쥐고 일어섰다. 파수꾼들은 못 알아듣는 소리를 내뱉는 한나를 뜨악하게 바라보았다. 구야는 나뭇가지를 주위 들어 한나와 파수꾼들 사이에 끼어들었다. 구야는 파수꾼들에게 히죽 웃어 보이고는 모래밭에 쭈그리고 앉았다.

"뭐하는 거야, 구야?"

구야는 나뭇가지를 붓대처럼 잡았다. 파도는 백사장을 말끔히 닦아놓았다. 나뭇가지에 힘을 주자 모래가 파여 들어갔고 물이 스며 올라왔다. 파수꾼들은 뒷짐을 지고 그림을 내려다봤다.

"냐오~ 냐오."

파수꾼은 고양이 울음소리를 흉내 냈다. 구야는 자기가 그린 호랑이 그림을 내려다보았다. 호랑이치곤 너무 순해 보였다. 구야는 호랑이 눈꼬리를 삐죽하게 올리고 굵직한 수염을 달아주었다. 파수꾼들은 자기들끼리 속닥거리더니, 나뭇가지로 뭔가 그렸다. 귀가 긴 토끼였다. 구야는 양손을 머리에 대고 깡충 뛰는 시늉을 했다. 파수꾼들이 손뼉을 쳤다.

구야는 뚱뚱한 남자와 키가 큰 남자를 그렸다. 구야 곁에 앉아 있던 한나는 그림을 하나씩 가리키며, 핌과 하멜이라고 반복

해 말했다. 구야와 한나는 핌과 하멜 역할을 맡아, 제자리에서 걷는 시늉을 했다. 파수꾼들은 그제야 알아듣고는 고개를 끄덕였다.

구야는 모래밭에 해를 네 개 그리고는 갸웃거리는 시늉을 했다. 파수꾼은 해 두 개를 더했다.

"이틀 뒤에 돌아온다고? 확실해?"

한나와 구야는 파수꾼이 한 말이니 틀림없을 거라며 선원들을 설득했다. 말도 통하지 않는데 어떻게 알았느냐고 묻자, 그림으로 이야기를 나누었다고 했다. 핌과 하멜을 두고 떠나고 싶지 않은 건 그들도 매한가지였다. 선원들은 이틀 뒤까지 기다려보고 그때까지도 기별이 없으면 어쩔 수 없다고 말했다.

이틀이 지나자 한나는 온종일 갑판을 서성였다. 구야도 뱃머리에 앉아 사방을 살폈다. 해 질 녘 한나가 자리에서 벌떡 일어났다. 구야는 눈을 가느스름하게 뜨고, 한나가 가리킨 쪽을 바라보았다. 석양에 반짝이는 붉은 머리털이 보였다. 선원들도 배에서 튀어나왔다. 한나는 핌에게 덥석 안겼다. 왜 이렇게 늦었냐고 하자 핌은 네덜란드 상관 책임자인 카피탄*을 기다렸다고 했다. 허가를 내달라고 졸라대자 부관이 출입 허가서를 끊어줬다고 했다.

"우린 이제 나가사키로 가는 거야!"

---

* captain의 일본식 발음. 네덜란드어로는 '오페르호프덴.'

동틀 무렵 고토의 후쿠에〔福江〕봉행소에 잠시 머문 뒤, 배는 나가사키 만에 닻을 내렸다.

제 2 장

데지마의 돼지치기

"이틀이면 올 델 13년 걸려 오다니."

13년 전 스페르베르호는 포모사*에 총독을 내려주고 나가사키로 출발했다. 태풍으로 배가 좌초되지만 않았다면, 그들은 13년 전에 여기 도착했을 것이다.

나가사키 항에는 집채만 한 배가 서 있었다. 깃대 끝에서 팔랑거리는 황태자 깃발을 가리키며, 네덜란드 선원들은 동인도회사의 배라고 말했다.

"우리는 저 배를 타고 고향으로 돌아갈 거야."

구야는 까마득하게 치솟은 돛대를 올려다보았다.

동인도회사의 부관을 따라 일행은 데지마로 향하는 마차에 올

---

* 타이완을 가리킨다.

라탔다. 마부는 한 손에 고삐와 채찍을 잡고 다른 손으로는 균형을 잡았다. 바퀴가 울퉁불퉁한 포석을 지날 때마다 엉덩이가 들썩거렸다. 양편으로 펼쳐지는 풍경에 구야는 입이 떡 벌어졌다. 이층집과 가게들, 멜대를 지고 가는 남자들, 양산을 든 여자들이 스쳐 지나갔다. 한나는 종종걸음치는 여자를 보곤 베개를 등에 붙이고 다닌다고 소곤거렸다.

마차 앞으로 부채꼴 모양의 섬이 나타났다. 다리를 지나자 마차가 덜컹거렸다. 마차는 네덜란드 상관 앞에 멈췄다. 부관을 따라 2층 접대실로 올라갔다. 부관은 옷부터 갈아입으라고 했다.

"드디어 이 더러운 넝마를 벗어버리는구나!"

그룩스는 콧노래를 부르며 옷을 벗어댔다. 한나는 옷가지를 들고 옆방으로 갔다. 구야도 네덜란드 옷을 받긴 했지만 입는 방법을 몰랐다. 다른 사람들을 따라 입긴 했지만 바지는 꽉 끼고 발을 옥죄는 가죽 구두는 불편했다. 품이 넉넉한 조선 옷만 입던 구야에게 서양 옷은 갑갑했다. 구야는 잠방이에 양복저고리만 걸치고 짚신을 신었다. 그룩스는 저 촌닭 좀 보라고 낄낄거렸다.

레이스가 달린 드레스에 연두색 앞치마를 두르고 종종 땋은 머리를 풀어 헤친 한나는 다른 사람 같았다. 네덜란드인들은 예쁘다고 성화인데, 구야의 눈엔 처녀 귀신 같았다. 종아리엔 행전을 대고 구두에, 양복 위에 튜닉 코트를 걸친 네덜란드인들도 낯설기는 매한가지였다. 가발까지 뒤집어쓴 그룩스는 삽살개 같았다.

부관은 선원들을 복도 끝 카피탄의 사무실로 안내했다.

"스페르베르호 선원들이 왔습니다."

"들어와!"

문이 열리자 안쪽은 환했다. 천장에 매달린 둥근 물건이 빛을 뿜어댔다. 바닥에는 푹신한 카펫이 깔려 있었다. 발을 뗄 때마다 뭉글뭉글한 털이 발자국을 채웠다. 구레나룻이 부숭한 오십 줄의 남자가 책상에서 일어서더니, 양팔을 벌리고 앞발을 든 곰처럼 다가왔다. 그는 핌과 하멜을 차례로 끌어안았다. 남우세스럽게 하나까지 덥석 안고 볼에 뽀뽀를 했다. 카피탄은 자기에게 한 나 또래의 에스미란 딸이 있다고 말했다.

모두들 의자에 앉았는데, 구야가 앉을 의자는 없었다. 부관은 구야를 구석으로 잡아끌며 여기 서 있으라고 했다. 구야는 벽에 서서 사람들을 멀뚱히 지켜봤다. 카피탄의 질문에 선원들은 돌아가며 대답을 했고, 서기는 그들의 대화를 기록했다. 카피탄은 그렇게 낡고 초라한 배로 바다를 건넜다니, 역시 동인도회사의 선원들은 남다르다고 치하했다. 핌은 그동안 있었던 일을 낱낱이 고했다. 그룩스는 자기들이 괴물의 소굴에서 빠져나왔다고 말했다. 조선인들이 얼마나 야만적인지 과장해서 말했다. 카피탄은 고난을 이겨낸 영웅들이라며 연신 감탄했다.

구야가 듣기엔 말도 안 되는 소리였다. 그룩스의 이야기대로라면 조선 사람들은 해괴망측한 괴물이다. 아무리 조선에서 고생을 했대도 거짓말을 해선 안 된다. 조선은 괴물 소굴이 아니고, 조선인들도 괴물이 아니다. 하지만 구야가 끼어들 여지는 없었다. 벽

앞에 선 구야는 꿔다놓은 보릿자루 신세였다. 구야는 시무룩하게 벽에 기대섰다. 뒤통수가 따끔거렸다. 구야는 벽을 향해 돌아섰다. 구야 앞에 한 남자가 팔짱을 끼고 서 있었다.

구야만 한 액자 속에 든 그림 속 남자였다. 하지만 진짜 사람처럼 실감 났다. 특히 눈빛이 살아 있어 그림을 쳐다보는 사람을 쏘아보는 듯했다. 입은 꾹 다물고 있었지만, 눈빛으로 '넌 누구냐?'라고 묻고 있었다. 구야는 놀란 마음에 그림을 이리저리 살폈다. 발바닥을 바닥에 붙였다 뗐다 하며, 남자와 눈싸움을 벌였다. 요상한 그림이었다. 누굴 그린 걸까? 누가 그린 걸까?

구야는 그림에 바짝 다가섰다. 가까이 다가가니 남자의 모습은 사라지고 잿빛, 황금색, 갈색의 물감 덩어리만 보였다. 종이 아랫부분에 낙관 대신 지렁이 같은 글자가 이어져 있었다. 네덜란드 말을 익히긴 했어도 글은 읽지 못하는 구야에겐 그림과 다를 바 없었다. 구야는 손가락으로 화폭을 문질러봤다. 진흙을 문대어 바른 듯 까칠까칠했다. 손가락 끝이 까매졌다. 부관이 구야의 손을 잡아챘다. 그림에 손을 대지 말라고 윽박질렀다. 사람들의 시선이 부관과 구야에게 모아졌다.

카피탄은 구야에게 가까이 오라고 손짓했다. 핌이 부르자, 머뭇거리던 구야는 곰 같은 남자에게 다가갔다.

"이 아이가 조선에서 왔다는 아인가?"

카피탄은 구야의 기다란 머리 꽁지를 잡아당기며, 계집애냐고 물었다.

"사낸데 왜 머리가 치렁치렁해?"

카피탄은 코를 싸쥐었다.

"과연 야만인은 야만인일세그려."

바다를 떠돌다 왔으니 몰골이 추레한 건 당연했다. 구야가 발끈해서 입을 열려고 하자 그룩스가 말을 막았다.

"조선인들은 더럽기 그지없지요."

카피탄은 구야에게서 시선을 떼더니 손사래를 쳤다.

네덜란드 선원들과 구야는 집무실을 나섰다. 구야는 방을 나서며 벽을 바라보았다. 그림 속 남자는 구야에게 눈인사를 보냈다.

"우릴 곧 고향으로 보내줄 거야."

"오늘 저녁엔 우릴 위한 환영 연회가 열린대."

네덜란드 선원들은 뛸 듯이 복도를 걸었다. 뒤따르는 구야의 발길은 무거웠다. 네덜란드 선원들과 한나는 상관 건물을 나섰다.

"잠깐만, 구야."

구야는 뒤돌아 부관과 함께 서 있는 핌을 보았다. 한참 뜸을 들이던 핌은, 너는 우리와 함께 갈 수 없다고 했다.

구야가 까닭을 묻자 핌은 데지마의 규칙을 설명했다. 데지마에는 네덜란드인과 중국인만 머물 수 있다는 거다.

"조선인인 너는, 원칙대로라면 여기 있으면 안 돼."

"그런 법이 어디 있어요?"

"네가 조선인이란 게 들통이 나면 카피탄도 곤란해질 테니까."

구야는 더럭 겁이 났다.

'나만 조선으로 돌아가라는 것인가.'

핌은 구야의 어깨를 두드리며 걱정 말라고 했다. 탈출할 때 구야가 큰 도움을 주었으니 쫓아내지만 말라고 부탁했다는 것이다.

"배가 도착할 때까지만 참아. 그럼 같이 네덜란드로 가는 거다."

부관이 나타나 구야에게 따라오라고 손짓했다.

"그럼, 전 어디로 가는 거예요?"

구야는 부관을 따라 돼지우리와 외양간을 지나쳐 나무로 얼기설기 지은 오두막 앞에 멈췄다. 안쪽에서 들려오던 왁자글한 소리는 부관이 문을 열자 뚝 그쳤다. 두 줄로 늘어선 평상 위에 까무잡잡한 사람들이 앉아 있었다. 땡볕 아래에서 죽어라 밭을 맨 듯 얼굴이 까맣고 깡말랐다.

"할 일은 내일 알려줄 테니 일단 쉬어."

구야는 평상에 깔린 다다미에 엉덩이를 붙였다. 부관이 사라지자 머위 열매같이 까만 눈동자들이 일제히 구야에게로 향했다. 뭐라고 말을 거는데 알아듣질 못했다. 손가락질한 뒤 자기 가슴팍을 두드리는 걸 보니, 이름을 묻는 것 같았다.

"구야. 오구야."

"꾸야? 꾸."

구야라고 해도 닭을 부르듯 꾸, 꾸 했다. 나중에 알고 보니 바타비아*에서 온 사람들이었다. 그 뒤로도 바타비아 사람들은 구

---

* 인도네시아를 가리킨다.

야를 계속 "꾸"라고 불렀다. 구야가 대답을 하지 않으니, 그들도 흥미를 잃었는지 각자의 자리로 돌아갔다. 구야는 다다미에 몸을 눕혔다. 흔들리지 않는 바닥에 오래간만에 누우니 잠이 밀려들었다.

새벽녘에 찬기를 느낀 구야는 잠에서 깨어났다. 웬 중늙은이가 구야를 내려다보고 있었다. 구야가 놀라 몸을 일으키자, 중늙은이는 손으로 구야의 가슴을 지그시 누르더니 뭔가 물었다. 조선말로 일본어는 모른다고 하자 중늙은이는 구야에게 조선에서 왔느냐고 물었다. 오래간만에 들은 고향 말에 구야는 조선 사람이냐고 반색했다.

"아니."

그는 타다야마, 상관의 양치기라고 했다. 어떻게 조선말을 할 줄 아느냐고 묻자 그저 미소만 지을 뿐이었다. 사내는 목침을 끌어당기더니 구야 곁에서 잠들었다. 조선말을 저렇게 잘하는데 일본인이라는 게 도무지 믿기지 않았다. 구야는 나중에야 그 까닭을 알게 되었다.

*

돼지들은 꿀꿀거리며 구야에게 몰려들었다. 악취가 코를 찔렀고 울음소리에 귀가 멍멍했다. 부관은 배가 출발할 때까지 구야에게 돼지를 맡으라고 했다. 밥만 주고 똥만 치우면 되니까 어려울 건 없다고 했다. 돼지치기 노릇을 하다 얌전히 배를 타고 떠나라며 부관은 사라졌다. 일단 시키는 대로 할 수밖에 없었다. 구야는 부관이 일러준 대로 부엌에서 음식 찌꺼기가 든 양동이를 날라 구유에 부어주었다. 구유에 꿀꿀이죽을 부으면 돼지들이 한꺼번에 몰려들었다. 구유가 몇 번 뒤집어졌다. 막대기를 휘두르면 돼지들은 꿀꿀대며 물러섰다가 슬슬 눈치를 보며 구유로 다가왔다. 먹이통에 주둥이를 처박고 거대한 궁둥이를 실룩대는 걸 보면 정나미가 떨어졌다가도, 식탁에 오를 팔자를 생각하면 마음이 짠했다. 식탐이 많을수록 수명이 줄어든다는 걸 돼지들은 알 턱이 없었다.

요리사는 일주일에 한 마리씩 돼지를 죽였다. 그때마다 구야는 돼지를 끌어안아야 했다. 품에 안긴 돼지는 요동을 쳤고 요리사가 날이 선 칼로 목구멍에 구멍을 내면 그제야 얌전해졌다. 돼지들은 피를 흘리며 구야의 품에서 죽어나갔다. 목숨이 까무룩 잦아드는 걸 온몸으로 꼼짝없이 겪어야만 했다. 돼지치기는 어쩔 수 없다지만 백정 노릇은 정말 하기 싫었다. 요리사는 구야의 말을 듣고 불같이 화를 냈다.

"천한 일이라니? 다들 싫다면 돼진 누가 잡아?"

요리사가 소매를 걷어붙이자 털이 숭숭한 팔뚝이 드러났다.

"돼지가 애완동물이야? 먹자고 기르는 거지."

구야의 품에서 돼지는 사방으로 몸을 비틀었다. 옷을 적시지 않으려면 맨몸으로 돼지를 안아야 했다. 구야의 팔뚝을 타고 핏물이 흘러내렸다. 벌써 돼지를 네 마리나 잡았다.

　도대체 언제까지 기다려야 하는 걸까.

　잠깐이면 된다고 했는데, 한 달이 지났다. 네덜란드 선원들은 상관에는 코빼기도 비추지 않았다.

　　　　　　　　＊

　꿈에서 구야는 발을 동동 굴렀다. 배는 바다 저편으로 떠나고 목이 잘린 돼지들이 구야의 다리에 몸을 비벼댔다. 사방에서 꿀꿀거렸다. 바다에 뛰어들어 배를 뒤쫓고 싶어도 수영을 못하니 도리가 없었다. 누군가가 구야를 흔들어 깨웠다. 타다야마는 밤마다 네가 비명을 지르니 도통 잠을 자지 못하겠노라고 혀를 차댔다. "도대체 무슨 꿈을 꾼 게냐?" 조선말을 들으니 설움이 복받쳐 올랐다.

　"네가 죽인 돼지들의 원혼이 꿈에 나타나는 거지."

　구야는 소매로 눈가를 문질렀다. 타다야마는 이게 다 서양 놈들의 식탐 때문이라고 중얼거렸다. 네덜란드인들은 아무거나 닥치는 대로 먹어치우는 아귀 같은 놈들이다. 상관 뒷마당에는 돼지 말고도 닭, 칠면조, 오리와 소가 우글거렸다. 네덜란드인들은 가축을 '걸어 다니는 고기 저장소'라고 부르며 끼니때마다 식탁에 고기를 올렸다. 일본인들은 네발 달린 짐승을 먹지 않았다. 농사에 쓰는 소를 먹는 건 용서받지 못할 죄였다.

"나는 말이다, 양이 무서워."

타다야마가 구야에게 속삭이듯 말했다. 그는 양이 '영혼'이 있는 동물이라고 했다. 양의 눈동자가 사람 눈과 닮았다는 이유에서였다. 돼지 불알은 먹을지언정 양을 먹어선 안 된다. 영혼이 있는 동물을 죽이면 원혼이 들러붙는다. 양을 두려워하여 지극정성으로 모시는 타다야마는 양치기로선 맞춤이었다. 구야로서는 양을 치는 타다야마가 부러웠다. 돼지치기는 상관에 갇혀 지내지만 양치기는 매일 상관 근처의 언덕으로 나간다. 돼지를 치느니 양을 몰고 싶었다. 하지만 구야에게는 할 일을 고를 힘이 없었다.

타다야마는 다음 날 새벽에 양을 잡아야 한다고 말했다. "죽은 양이 꿈속에서도 내 뒤를 쫓으며 매에 하겠지." 달빛 아래 보이는 타다야마의 얼굴은 양처럼 헬쑥하고 길쭉했다. 이제껏 바타비아인 양치기에게 맡겼는데, 그가 고향으로 돌아가 자기가 칼을 잡아야 한다고 했다.

구야가 대신 양을 잡아주겠다고 하자 타다야마는 언젠가는 이 은혜를 꼭 갚겠다며 고개를 조아렸다. 구야는 괜찮다고 했다. 동물에게 넋이 있을 리 없다. 양에게 영혼이 있다면 돼지도 영혼이 있을 거다. 돼지 원혼이 덕지덕지 붙었을 텐데, 양 몇 마리를 덧붙여도 상관없다고 믿고 싶었다. 넋이야 근수도 안 나가니 히리에 무리가 가지도 않는다.

다음 날 상관 마당에서 구야는 양을 안았다. 따뜻하고 보드라웠다. 타다야마의 말처럼 양은 사람의 눈으로 구야를 올려다보았다. 구야는 바닥에 눕힌 양의 심장 아래쪽에 칼집을 냈다. 양은 버둥거리며 울었다. 칼집을 내서 벌린 구멍에 손을 밀어 넣자 양은 발버둥 쳤다. 심장을 움켜쥐고 힘을 주었다. 고통받는 시간을 어떻게든 줄여주고 싶었다. 구야는 피 묻은 손을 땅바닥에 문질 렀다.

양을 대신 잡아준 뒤로 타다야마는 구야에게 살갑게 굴었다. 잠이 오질 않는다며, 이런저런 이야기를 들려주었다. 그 덕에 일본말도 익혔다. 타다야마는 사무라이였다고 했다. 한칼로 파리를 여덟 토막 내는 솜씨를 인정받아 막부에서 그를 조선에 첩자로 보내려고 했단다. 조선에서 잡아온 도공에게 조선말을 배우고 풍속도 익혀뒀다. 그러나 출항 직전 시모노세키에서 배탈이 나 배를 타지 못했다. 무사로선 치욕이었다. 그는 고향으로 돌아가지 못하고 떠돌다가 나가사키까지 흘러 들어왔다.

*

그날은 하루 종일 비가 왔다. 정원을 가로지르는데, 웃음소리가 들렸다. 구야는 꿀꿀이죽 통을 내려놓고 상관 건물을 올려다봤다. 활짝 열린 창문 안쪽에서 한나의 목소리가 새어 나왔다. 구야는 주위를 살피며 상관으로 들어갔다. 2층으로 올라가니, 문들이 줄줄이 늘어섰다. 구야는 한나의 웃음소리를 따라 카피탄의 집무실에 다다랐다. 문을 열자 낯선 소녀와 한나의 모습이 눈에 들어왔다.

"구야!"

한나는 문 앞에 선 구야에게 달려왔다. 묻고 싶은 게 많았는데, 막상 만나니 말문이 막혔다.

"에스미! 에스미!"

한나는 갈색 머리 아이에게 손짓했다.

"구야, 앤 에스미. 카피탄의 딸."

갈색 머리 여자애는 코를 싸쥐고 눈살을 찌푸렸다. 구야는 돼지 냄새를 물씬 풍겼다. 구야와 에스미 사이에서 머쓱해하던 한나가 안부를 물었다. 구야는 상관에서 이런저런 일을 한다고 둘러댔다.

한나는 그동안 이것저것 배우고 구경도 다녔다고 말했다. 특히 어제 저녁에 본 가부키*는 끝내줬다며 에스미의 팔짱을 끼었다. 둘은 구야를 앞에 세워두고 공연 얘기를 시작했다. 에스미는 도무지 말을 끊는 법이 없었다. 그 남자는 여자보다 예쁘더라, 애인을 기다리는 대목에선 눈물이 나더라는 둥 손뼉을 쳐가며 공연 줄거리를 읊어댔다.

구야의 시선이 슬그머니 벽으로 향했다. 한 손에 붓을 쥔 남자가 자신만만한 표정으로 구야를 응시했다.

"뭘 그렇게 빤히 봐?"

---

* 음악과 무용, 기예가 어우러진 일본의 전통연극.

나란히 서서 그림을 올려다보는 구야와 한나 사이에 에스미가 끼어들었다.

"무지 비싼 그림이래. 아빠 말론 담비 털가죽 백 장 값이랑 맞먹는데."

한나가 미심쩍어하자, 에스미는 발끈하여 그림에 얽힌 이야기를 들려주었다. 구야도 에스미의 이야기에 귀를 기울였다.

카피탄이 본국에 있을 때 암스테르담에 그림 열풍이 불었단다. 그림은 네덜란드 상류층에서 부와 명예의 상징이었고, 한몫 잡으려는 사람들은 튤립을 사듯 그림을 사들였다. 몇 번 싸구려 구근을 사서 낭패를 본 카피탄은 초상화나 바다와 범선 그림을 원했다. 스페인과의 독립전쟁에서 활약한 해군은 네덜란드 사람들의 자랑거리였다. 카피탄은 화상(畵商)과 유명 화가들의 아틀리에를 돌아다녔다. 하지만 괜찮다 싶은 그림은 턱없이 비쌌다. 화상은 한땐 유명했지만 인기가 떨어져 싼값으로 그럴싸한 그림을 그려줄 화가를 소개해주었다. 그래서 만난 화가가 그림 속의 주인공이란다.

"그럼 저게 화가 자화상이야?"

구야는 그림을 다시 뜯어보았다. 자기 얼굴을 그리다니, 신기한 노릇이다.

화가는 배랑 해군 같은 건 그리지 않는다고 퇴짜를 놓았다. 화가가 빚더미에 올랐다는 걸 알고 있던 화상은 돈주머니를 풀었다. 화가는 눈살을 찌푸리며 스케치북을 건네주었다. 카피탄은 동방을 정복한 모험가나 전쟁 영웅을 기대하며 스케치북을 넘겼다. 하지만 맨 마지막 장까지 의족을 한 상이군인과 걸인, 미치광이, 사형수와 창녀 들만 가득했다. 전쟁에서 승리를 거둔 사람들이 아니라, 전쟁이 망치고 짓밟은 사람들만 보였다.

"길거리에서 봐도 고개를 돌리는 마당인데, 굳이 벽에 걸어둘 이유가 없잖아. 돈은 이미 다 받아놓고. 그랬더니 그 화가는 콧방귀를 뀌며 자화상이라도 가져가라고 했대."

"남의 자화상을 가져다 뭐해?"

"그러게."

에스미는 그림 속 남자처럼 팔짱을 끼고 흥흥거렸다.

카피탄은 기가 막혔다고 한다. 아폴론이나 헤라클레스 같은 신화 속 인물도 아니고, 전쟁 영웅도 아닌 고작 화가 나부랭이의 얼굴을 왜 우리 집 벽에 걸어둔단 말인가. 게다가 저 못생긴 얼굴을 벽에 걸어두면 딸의 정서에 해를 끼칠 게 분명하다고 여겼다. 그럼에도 불구하고 카피탄이 그림을 사들인 건, 값이 오를 거라고 화상이 장담해서였다. 화가가 죽기라도 하면 웬만한 튤립 구근보다 더 비싸게 팔려나갔다. 당시 튤립은 마차, 암소, 모피 외투와 맞바꿔졌다.

"아빠 그림을 사길 잘했대. 튤립 구근 사뒀던 사람들은 폭삭 망했거든."

구야는 한 번도 튤립을 본 적이 없었다. 그 꽃이 얼마나 아름다운지 몰라도, 저 그림보다 못할 거다. 꽃이야 지천에 널렸지만 저런 그림은 세상에 한 장뿐이다. 구야는 네덜란드에 가면 저 화가를 꼭 만나보리라고 마음먹었다.

구야와 한나는 집무실을 나섰다. 밖에는 비가 내리고 있었다. 복도 끝에서 구야는 배가 언제 출발하느냐고 물었다.

"배는 벌써 떠났어."

10월 23일, 동인도회사의 화물선이 항구를 떠났다는 것이다.

"뭐! 그런데 왜 나한텐 안 알려줬어."

한나도 테라스에서 배가 멀어지는 걸 지켜보기만 했단다.

"아빠 말론 먼저 본국과 연락이 돼야 출발할 수 있댔어."

에스미는 선원들에 대한 조사가 끝나고 네덜란드에서 송환 명령이 떨어져야 데지마를 떠날 수 있다고 덧붙였다.

"얼마나 걸리는데?"

여덟 달 뒤에나 연락선이 도착한다는 말에 구야는 한숨을 쉬었다. 한나는 지우산을 펼치고 저편으로 멀어졌다.

구야는 비를 맞으며 돼지우리로 갔다. 꿀꿀이죽을 퍼주며 돼지들을 내려다봤다. 여덟 달이나 돼지치기 노릇을 더하면, 타다야마의 말대로 돼지 원혼이 들러붙을 거다. 평생 돼지치기로 살아야 할지도 모른다니. 하지만 구야에겐 버티는 것 외엔 다른 방법이 없었다. 그렇게 두어 달이 흘렀다. 돼지치기 일에는 익숙해졌지만 마음은 점점 무거워져 갔다. 돌맹이로 꽉 찬 자루 꼴이었다. 부관이 나타나 돼지우리를 치우라고 명령했다. 비를 맞으며 축사를 치우니 재채기가 났다. 목이 간질거렸고, 삽을 세워두고 돌아서니 다리가 후들거렸다.

잠자리에 눕자 식은땀이 나고 열이 펄펄 났다. 타다야마가 꿈에 양이 나오느냐고 묻더니, 인롱(印籠)*에서 알약을 하나 꺼내 건네주었다. 즈보토**라는 네덜란드인들이 만든 신비의 환약이니, 한 알만 먹으면 두통에 감기, 속 쓰림까지 모조리 다스려준다고 했다. 서양인이라면 질색하는 타다야마도 다른 일본인들처럼 양약이라면 꼼짝 못했다.

"꿀꺽 삼켜. 그럼 나쁜 꿈도 싹 달아날 거야."

그날 밤 구야는 악몽을 꾸지는 않았다. 속이 울렁거려 잠을 자지 못했으니 말이다. 토악질을 참으며 변소로 향했다. 아까 먹은 약이 말썽을 부린 모양이다. 변소에서 나오는데 머리가 핑 돌았다. 우리 앞에 쓰러진 구야를 보고 돼지들이 꿀꿀댔다. 구야는 돼지 울음소리를 들으며 까무룩 정신을 잃었다.

*

손목 언저리가 뜨뜻했다.

구야는 눈을 감고 낙숫물 떨어지는 소리를 들었다. 간간이 쩍쩍 이상한 새소리도 섞였다.

---

* 허리에 차는 작은 상자.
* 감초를 볶아서 만든 네덜란드 약.

'여기가 어디지?'

눈을 깜빡이자 높다란 천장이 올려다보였다. 팔뚝이 얼얼했다. 끈으로 동여매진 팔뚝에서 피가 흘러내려, 금속 그릇에 방울방울 떨어졌다. 산 채로 묶여 피가 뽑히는 돼지 꼴이다. 구야는 질겁하고 끈을 풀었다. 널빤지 같은 데서 내려와 걸음을 옮기는데 어질병이 돌았다. 몇 걸음 옮기지도 못하고 고꾸라졌다. 저편에 문이 가물가물 보였다. 문이 열리고 사람들이 들어섰다. 맨 앞에 외알 안경을 쓴 서양인이 보였다. 달아나야 하는데 몸이 말을 듣지 않았다. 피를 쏟은 돼지는 마당을 돌다 거꾸러지곤 했다.

"구야!"

잠결인 듯 한나의 목소리가 들렸다. 죽기 직전에 그리운 사람의 목소리가 들린다는데, 사실인가 보다. 이제 곧 가족의 모습이 나타날 거다. 할아버지, 아버지, 그리고…… 어머니. 동생들의 웃음소리가 들렸다.

"구야, 정신 차려, 정신!"

핌의 목소리에 구야가 눈을 떴다. 핌과 한나의 얼굴이 보였다. 핌은 구야를 바닥에서 일으켜 앉혔다.

"우린 네가 죽은 줄 알았어."

몽롱한 정신으로 구야는 어젯밤 일어난 일을 들었다. 핌은 새벽에 타다야마가 숙소로 찾아와 구야를 내려놓고 갔다고 했다. 무슨 일이냐고 물어도 대답 없이 사라졌다는 것이다. 구야는 고개를 들이미는 서양인을 보고는 핌의 팔을 잡았다.

"저 사람이 날 묶어두고 피를 한 됫박이나 뽑아냈어."

구야는 그릇에 놓인 길고 뾰족한 금속 기구들을 가리켰다. 쇠붙이들은 차갑게 반짝거렸다. 핌은 저건 서양의 의료 도구이며, 사혈(瀉血)은 몸에 고인 나쁜 피를 뽑아내는 치료법이라고 했다.

"피를 뽑으면 병이 나아요? 그걸 누가 믿는다고."

핌은 독토르가 데지마에 있는 한 명뿐인 서양 의사이며, 실력도 출중하다고 했다. 당나귀 뒷발에 차여 부러진 클라켄의 팔도 깨끗하게 붙여줬단다. 한나는 얼마 전에 독토르의 처방을 받고 고뿔이 나았다고 거들었다. 그들은 독토르가 조선의 의원과 같은 일을 한다고 말했다. 구야는 멀쑥하고 삐쩍 마른 은빛 머리칼의 사내를 올려다보았다. 독토르고 도토리고 여기서 빠져나가고만 싶었다. 구야가 몸을 일으키려고 하자, 독토르는 핌에게 아직은 움직여서는 안 된다고 말했다.

"들었지? 여기서 쉬었다 가라. 카피탄에게는 내가 연락해놓을 테니."

독토르는 주머니에서 끄집어낸 줄을 구야의 가슴에 대려고 했다. 구야가 질겁하자 핌은 저건 청진기고, 숨소리를 들으려는 것이니 가만있으라고 했다. '저런 줄로 어떻게 사람의 숨소리를 들어?' 구야는 미심쩍은 얼굴로 독토르를 바라보았다. 독토르는 구야가 배탈이 났을 뿐이며 곧 회복될 거라고 했다. 구야의 얼굴을 조목조목 뜯어보던 독토르는 핌에게 조선 사람은 처음 보았다고 말했다. 그러더니 구야에게 혹시 진료소에 나와 조선에 대해 이야기를 들려줄 수 있느냐고 물었다. 서양에 동양을 알리는 일을 하는데, 구야의 이야기가 도움이 될 거라는 것이다. 구야는 고개를 흔들었다. 누군가의 구경거리가 되는 건 딱 질색이었다. 싫다고 하는 구야에게 핌은 이야기를 끝까지 들어보라고 했다. 독토르는 책상으로 가서 두툼한 종이 더미를 들고 왔다.

각양각색의 얼굴들이 펼쳐졌다. 눈이 움푹 들어가고 코가 오뚝한 털북숭이 남자 얼굴을 가리키며 독토르는 "아이누족 카무이"라고 했다. 조선인에 대한 자료도 만들고 싶단다. 서양과 동양이 가까워지려면 서로에 대해 알아야 한다는 것이다. 한나도 독토르를 거들고 나섰다. 조선은 한나에게 엄마의 나라였다. "아빠 나라 사람들이 엄마 나라에 대해 알면 좋잖아." 구야는 돼지치기라서 함부로 나다닐 수 없다고 핑계를 댔다. 독토르는 카피탄에게 부탁을 하겠단다. 독토르는 구야의 손에 종잇조각을 쥐어주었다. 새 두 마리가 주둥이를 맞댄 모양의 빨간 종잇조각이었다.

"와! 하트, 하트."

한나는 자기에게도 한 장 달라고 졸라댔다.

"하트가 뭔데?"

"심장."

"그러니까 염통 말이다."

돼지 내장을 발라봐서 염통이 뭔지 안다. 한나는 구야의 손을 잡아 가슴 언저리에 대었다. 안쪽에서 뭔가 방아를 찧듯 콩닥거렸다. 한나는 하트가 사랑도 나타낸다고 했다. '심장과 사랑이 무슨 상관이람. 요릿감인 염통이 왜 사랑인가.' 사랑은 마음의 것이고, 마음은 모양이 없다. 독토르는 진료소 벽에 걸린 그림 앞에서 구야에게 손짓했다. 구야는 머뭇거리며 다가갔다.

얼굴 없는 남자가 그림 속에 서 있었다. 벌거벗은 가랑이 사이로 보이는 고추 때문에 구야는 뒤편의 한나가 신경 쓰였다. 독토르는 남자의 가슴 복판을 가리키며 "하트"라고 말했다. 남자의 몸 안을 채운 자루들은 돼지 뱃속에서 끌려 나오는 내장과 닮았다. 창자를 고스란히 드러내면 돼지는 죽는다. 그렇다면 머리를 빡빡 깎이고 내장까지 홀라당 보여줬으니 죽었을 게 분명하다. 배 속과 아랫도리까지 드러낸 남자가 안쓰러웠다. 벌거벗고 구경거리가 된 걸 보아 대역죄를 저질렀나 보다.

"이 사람은 누구예요?"

"누구긴, 그냥 사람이지."

"그냥 사람이 어디 있어요?"

"해부도에 모델 같은 게 있을 리 있나."

해부도라니? 화조도, 문자도는 들어봤어도 해부도는 금시초문이다.

"사람 몸속을 그린 그림이야. 이건 간장, 여긴 작은창자."

몸속의 풍경이라니 괴상망측하다. 구야는 배를 문질렀다. 자기 배 속이랑 돼지 배 속이랑 똑같다는 게 믿겨지지 않았다. '사람 몸속이랑 돼지 몸속이 어떻게 같아.' 배에서 꼬르륵 소리가 났다.

"우리 밥이나 먹으러 가자."

독토르는 구야에게 악수를 청했다. 맞잡은 손은 차가웠고 안경알은 얼룽얼룽했다. 구야는 얼른 손을 빼고 한나를 뒤따랐다.

진료소를 나선 구야는 붉은 벽돌집을 힐끔거리며 돌아섰다. 파란 주렴을 걷고 들어간 식당에서 튀김과 카스테라를 시켰다. 구야가 언제쯤 여길 떠나느냐고 묻자, 핌은 딴청을 부리며 젓가락만 쪼갰다.

"설마, 저만 빼고 가려는 건 아니죠?"

"그럴 리가 있겠냐? 내 목 늘어난 걸 봐라."

출발이 늦어지는 건, 동인도회사가 선원들 모두 하나도 빼놓지 않고 귀환하기를 원하기 때문이라고 했다. 카피탄이 조선과 협상 중인데, 돌아가지 않겠다고 뻗대는 사람이 있어 골칫거리란다. 스페르베르호의 요리사였던 얀 크리스젠은 조선에 머물기를 원했다. 남원 땅에 유배당한 그는 동네 과수댁과 살림을 차렸다. 나물을 캐다 만난 사이라고 했다. 얀은 부엌일을 도맡고 과수댁과 아이도 낳았다. 그는 뱃사람으로 살기보다는 조선에 발붙이고 살고 싶어 했다. 고향에서 믿었던 신도, 네덜란드 말도 잊었다. 자기는 조선 사람이니 네덜란드로 돌아가지 않겠다고 고집을 피운다는 것이다. 고향에서 누가 안부를 묻거든, 난파를 당해 죽었다고 전해달라며 조선인으로 귀화한 박연처럼 자기도 조선에 뿌리내리고 살고 싶다고 우겼다고 했다. 얀을 설득하지 못하면 다들 고향으로 돌아갈 수 없다. 구야는 카스테라를 우물거리며 생각에 잠겼다. 가기 싫다는 사람까지 군이 끌고 갈 필요가 있을까. 그런 이치라면 구야도 강제로 조선으로 돌아가야 한다. 자기가 있고 싶은 데 있고, 가고 싶은 데로 가면 안 되나. 떠돌다가 마음을 비끄러매고 싶은 곳을 만나면 고향으로 삼아도 되지 않을까.

언제까지 기다려야 하느냐고 물으니 핌도 모르겠단다. 섬에 갇혀 무작정 기다려야 하는 시간이 괴롭기는 매한가지란다. 온종일 주사위 놀이를 하거나 카드놀이를 하며 시간을 때운다고 했다. 조선에 있을 땐 어떻게든 탈출하겠다는 희망으로 살았지만, 지금은 무작정 기다려야 하니 막막하단다. 그러고 보니 핌은 부쩍 살집이 붙었다. 턱에도 살이 두두룩했다. 막막한 시간이 각진 얼굴을 둥글린 모양이다. 구야는 한나에게 하멜의 안부를 물었다.

"하멜 아저씬 요즘 글 쓰느라고 바빠. 까먹기 전에 얼른 써놓는다고."

네덜란드로 돌아가 밀린 임금을 받으려면 어쩌다 난파를 당했는지 사고 경위를 자세히 적어 동인도회사에 제출해야 한다. 보고서의 제목은 『1653년 바타비아발 일본행 스페르베르호의 불행한 항해일지』. 선원들은 줄여서 '하멜 표류기'라 부른다고 했다. 책상에만 붙어 앉아 양쪽 팔꿈치가 시커멓게 변하고 눈이 퀭해졌단다.

"그룩스 삼촌은 요즘 레슬링을 배우러 다녀."

레슬링이 뭐냐니까 한나는 양쪽 팔을 구부리며 힘주는 시늉을 했다.

"의젓한 선원이 되려면 싸움 기술을 하나쯤 익혀둬야 한대."

동인도회사 선원들의 별명은 '칼을 든 상인'이었다. 바다에는 해적들이, 낯선 섬에는 식인종들이 득시글거리니 검술이나 사격술은 기본이다.

"앞으로 배를 타려면 힘을 길러둬야 한댔어."

한나가 그룩스를 칭찬하니 구야는 배알이 꼴렸다. 묵정밭에 꽂힌 지푸라기 허수아비가 힘만 세면 뭘 하나. 한나는 에스미의 가정교사에게 네덜란드어를 배운다고 했다. 네덜란드의 흑, 힉, 헉 발음을 하느라 혀뿌리가 얼얼하단다. 구야도 지지 않고 자기는 일본 말을 배우고 있다며 타다야마 흉내를 냈다. 한나는 입을 가리고 웃었다.

"왜 할머니들처럼 입을 가리고 웃어?"

구야는 한나의 입가에 패는 보조개를 좋아했더랬다.

"숙녀의 에티켓이야."

한나는 에스미의 가정교사에게 숙녀답게 걷는 법, 식사하는 법, 대화법, 춤추는 법 등을 배운다고 했다. 돼지는 구야에게 아무것도 가르쳐주지 않았다. 구야에겐 새침데기 한나가 낯설었다. 발 앞에 놓인 돌을 차올렸다.

"배가 출발하면 곧바로 연락 주마. 그때까지만 기다려."

한나와 핌은 상관 앞에서 뒤돌아섰다. 골목을 빠져나가는 두 사람의 뒷모습을 바라봤다. 한나가 즐거운 게 기뻤다. 하지만 한나만 혼자 즐거워 보여 섭섭했다. 마음이 풍랑에 시달리는 배처럼 갈피를 잡질 못했다. 기꺼운 마음과 씁쓸한 마음이 엇갈렸다. 심장 쪽이 뻐근했다. 함께 조선을 떠난 한솥밥 식구였는데, 이제 구야만 외톨이였다.

숙소 문을 열고 안으로 들어갔다. 돼지들이 우리 앞으로 몰려 나왔다. 이제 구야와 제일 가까운 건 돼지와 타다야마였다.

밤이 되어 타다야마가 돌아오자 구야는 고맙다고 인사를 했다. 구야는 평소에 서양인이라면 질색하던 타다야마가 왜 진료소에 자길 데려다 놓았는지 궁금했다.

"서양인이 간을 빼고 피를 바꾸고 그런다고 하셨잖아요."

"양인은 미워도 의학 기술만큼은 배울 만하니까."

일전에 타다야마는 서양인이 병을 고쳐준다는 핑계로 배 속을 헤집어놓고 창자를 주물럭거린다고 했었다. 진료소에서 처음 눈을 떴을 때의 막막함이 떠올랐다. 속을 훤히 까발린 남자는 지옥도의 등장인물 같았다. 구야는 독토르가 진료소에 오라고 했다는 말을 털어놓았다.

"빈대 무서워 초가삼간 못 태우랴."

타다야마는 주워들은 조선 속담까지 끌어들여 구야를 설득했다.

"빈대 무서워 초가삼간 태우랴죠."

"그래, 그래. 그러니까 가야지."

양인들을 가까이 하면 배울 게 많다고 구슬렸다. 일본인들은 데지마의 네덜란드인들에게 뭐든 배우려고 안달이다. 막부도 종교 서적만 아니라면 과학, 의학에 관련된 서양 책을 읽는 것을 권장한단다.

예전엔 포르투갈인들이 데지마에 머물렀다. 하지만 포르투갈 상인들은 기독교를 전파하다 추방됐다. 서양 신이 일본 지배자보다 위에 있다는 건 용납되지 않았다. 위계질서를 중시하는 일본인은 기독교가 내거는 평등사상도 탐탁지 않아 했다. 그리하여 장사만 하겠다고 맹세한 네덜란드인들이 데지마를 차지했다. 일본 막부는 쇄국정책을 펼쳤지만, 데지마는 서양으로 난 창문으로 열어두었다. 유럽 문물이 데지마로 흘러들었다. 반면 조선은 사방이 벽인 집이었다. 아무도 들어오지 못하기에 안전하지만 창문도 없기에 답답하다. 창문이 열려 있어야 바람이 통하고 숨도 쉴 수 있는 법이다.

독토르 얘기를 하며 몸서리를 치자 타다야마는 그가 믿음직한 사람이라고 했다.

"그 사람을 아세요?"

"그럼, 유명 인산걸."

독토르는 의학과 과학을 전하고 일본의 동식물, 사람, 풍습과 지리나 문화를 서양에 알리는 일도 한단다. 독토르에 대해 어떻게 그리 잘 아느냐고 묻자 타다야마는 데지마 사람이라면 다들 그 정돈 안다고 했다. 구야는 자기도 데지마에 있는데 어떻게 아무것도 모르느냐고 중얼거렸다.

"귀를 열어두고 눈을 크게 뜨면 들리고 보여."

구야는 첩자 훈련을 받은 타다야마에게나 걸맞은 소리라고 생각했다. 구야로서는 진료소에 가는 게 썩 내키지 않았다. 그저 돼지치기로 시간을 보내다 네덜란드로 떠나길 바랄 뿐이었다.

*

진료소에 다녀온 지 한 달이 지났을 무렵, 카피탄의 외동딸 에스미의 생일잔치가 다가왔다. 데지마에 사는 외국인들은 전부 초대되어 하인들은 정신이 없었다. 파티 전날 구야는 돼지를 일곱 마리, 양을 두 마리 잡았다. 온몸에 피비린내가 진동했다. 파티 당일에 구야는 칠면조와 닭을 잡았다. 뽑혀 나온 깃털이 한 무더기였다. 구야는 자루를 끌고 마당 뒤편으로 갔다. 땅을 파고 자루를 뒤집어 깃털들을 쏟아부었다.

"구야."

뒤돌아보자 한나가 눈에 들어왔다. 하얀 드레스 차림에 달빛을 받고 선 한나는 선녀 같았다. 구야는 몸에서 나는 비린내 때문에 한나에게 다가가질 못했다.

"너, 손이 피투성이야."

구야는 흙과 피로 범벅인 손을 등 뒤로 숨겼다.

"어, 닭을 잡았거든."

"……하인으로 일한다더니, 진짜구나."

구야는 어깨를 으쓱거렸지만, 마음은 한없이 작아졌다. 조선에

서 주막 머슴으로 일할 때는 아무렇지도 않았는데…… 상관에서
한나를 부르는 에스미의 목소리가 들렸다. 한나는 냉큼 뒤돌아
사라졌다. 구야는 멀어지는 한나를 멀뚱히 바라보았다. 한나는
상관 사람들과 어울리고 점점 다른 사람이 되어갔다. 그러고 보
니 한나는 까만 머리카락을 빼면 영락없이 네덜란드 아이다. 조
선에서 지낸 시절은 까마득하게 잊었나 보다. 하긴 갇혀 지낸 시
절을 잊고 싶은 건 당연할지 모른다. 구야는 구덩이에 흙을 쏟아
부었다. 깃털들은 더 이상 보이지 않았다.

　생일잔치가 끝나자 카피탄이 주방으로 찾아왔다. 요리사에게
수고가 많았다며 금화를 건네주고는 구야를 찾았다.

　"파티에서 독토르를 만났는데, 널 만나게 해달라고 청하더라."

　그사이 타다야마가 몇 번이고 진료소에 가라고 했지만 끈질기
게 싫다고 했었다. 카피탄은 내일부터 오후엔 진료소에 가보라고
명령했다. 구야의 말을 들은 타다야마는 기뻐하며 진료소에 가서
보고 들은 것들을 자기에게도 알려달라고 부탁했다.

　"양인들에게는 그래도 배울 것이 많으니까."

　구야는 싱숭생숭한 마음으로 잠자리에 들었다. 한나가 에스미
의 가정교사에게 배우듯, 진료소에 가면 뭔가 달라질 수 있을까.

　다음 날 구야는 타다야마를 따라 진료소로 향했다. 나팔꽃이
덩굴진 담장이 나타났다. 타다야마는 붉은 지붕의 목재 단층집을
가리키며 저기가 진료소라고 알려주었다. 함께 가자니까, 자기
는 양을 돌봐야 한다며 사라져버렸다. 한참을 망설이다 문을 밀

고 들어서자 복도가 눈에 들어왔다. 한쪽 편에는 나무 의자가 늘어서 있었고, 거기에 등이 구부정한 노인 하나가 앉아 졸고 있었다. 구야가 진료소로 향하는데 안에서 괴성이 들렸다. 안에 누가 있다는 생각에 구야는 노인 곁에 엉거주춤 앉았다.

"야옹."

고양이 소리가 들리자 노인은 퍼뜩 고개를 들었다. 구야도 담장에 앉은 고양이를 보았다. 옆구리에 나비 모양의 얼룩이 진 고양이였다. 노인이 잽싸게 종이를 꺼내 들었다. 구야는 노인을 곁눈질했다. 노인의 시선은 종이와 창밖을 분주히 오갔다. 거무튀튀한 나무토막으로 종이에 선을 그었다. 구부정한 어깨에 연신 고개를 쭉 빼는 모습이 상관 뒷마당의 칠면조랑 닮았다. 시뻘겋고 주름이 자글자글해 더 닮은꼴이었다. 칠면조 노인은 검버섯이 핀 손을 놀려 고양이를 그렸다. 선을 하나 긋는 데도 공들였던 할아버지와 달리 칠면조 노인의 손놀림은 재발랐다. 순식간에 다리 네 개가 뻗고, 꼬리가 세워졌다.

"어, 어 거기 가만, 가만."

노인이 벌떡 일어섰다. 담장 위를 사뿐히 걸어가는 고양이가 보였다. 노인은 구야를 붙들고 고양이를 가리켰다. 타다야마에게 일본 말을 배우긴 했지만, 상대가 빨리 말하면 알아듣기 어려웠다.

"잡아, 잡으라고!"

하지만 노인의 성화에 구야는 얼떨결에 대기실 밖으로 뛰어나갔다. 그림이 완성되는 걸 보고 싶기도 했다. 고양이를 얼러보았지만, 말귀를 못 알아들었다. 얼룩 고양이는 심드렁한 표정으로 담 밑으로 풀쩍 뛰어내렸다. 멸치라도 있었으면 일이 훨씬 수월했을 텐데.

구야는 대기실로 돌아왔다. 노인은 인기척에도 상관없이 그림 그리는 데 바빴다. 나비 모양 얼룩으로 특징을 잡아채고, 빳빳한 수염, 심술궂은 입매로 고양이 얼굴을 채웠다. 매가 병아리를 낚아채듯 고양이 얼굴을 잡아냈다. 대단한 눈썰미에, 재빠른 손놀림이었다.

진료소 안쪽에서 괴성이 들렸다. 칼이 쟁강대는 소리와 뭔가 무너지는 소리가 잇따랐다. 문이 열리고 윗옷을 벗은 남자가 튀어나왔다.

"저 양귀신이 사람 잡는다."

뒤편으로 독토르가 나타났다. 헝겊으로 입을 막고 칼을 든 모습이 괴이쩍었다. 남자는 복도 끝까지 줄행랑쳤다. 복도에는 괴괴한 정적만 흘렀다.

"담장에 나팔꽃이 한창일세."

독토르는 노인에게 목례를 했다. 노인 뒤의 구야를 본 독토르는 반색하며 진료소로 들어오라고 했다. 독토르는 노인에게 구야를 소개해주며, 나중에 이 아이의 얼굴을 그려달라고 부탁했다. 구야는 멀뚱한 표정으로 두 사람을 지켜보기만 했다.

"조선 아이라고?"

노인은 구야를 위아래로 훑어보았다.

"현미경이 들어왔다며."

노인이 앞장서 진료소로 향했다. 구야도 뒤따랐다.

독토르는 노인과 책상 쪽으로 갔다. 의자에 앉아 눈만 굴려대던 구야는 구석에 웅크린 개를 보았다. 눈알이 반질거리는 검둥개는 염라댁 주막의 주먹이를 닮았다. 나지막하게 불렀지만 꼼짝도 하지 않았다. 다가가 얼러봤지만 요지부동이다. 알은체를 하면 좋아서 어쩔 줄을 모르던 주먹이와 달리 지나치게 얌전했다. 쓰다듬어보니 몸통은 딱딱한 목침 같았다. 구야는 개의 눈을 들여다보았다. 유리구슬같이 반짝거렸지만 텅 비었다. 산 것처럼 보이는, 죽은 개였다. 놀라 손을 뗀 구야는 다시 의자로 돌아갔다. 어디선가 째깍째깍 소리가 들렸다. 처음 진료소에 왔을 때도 들었던 소리다. 선반에 올라앉은 닭이 별안간 날개를 펼치고 홰를 쳤다. 구야는 살금살금 닭에게로 다가갔다. 손끝에 부숭부숭한 깃털 대신 딱딱한 몸통이 닿았다. 가짜 닭인데 울음소리는 진짜배기였다. 구야는 까치발로 닭을 끄집어냈다. 품에 안고 요모조모 뜯어보았다. 가랑이 사이에 뚜껑이 보였다. 손으로 안쪽을 더듬어보니, 차갑고 오돌토돌한 것들이 만져졌다. 손에 잡히는 걸 잡아당기니 철끈이 둘둘 풀려나왔고 닭은 미친 듯이 딸꾹질을 시작했다.

"꾸덕꾸덕 깨깨댁…… 떠떡."

구야는 당황하여 닭을 제자리에 얹어놓았다. 독토르가 무슨 일이냐고 물었다. 구야는 구석에 놓인 개를 가리키며 저건 뭐냐고 물었다.

"에바. 옛날에 내가 기르던 개란다."

독토르가 독일에서 데려온 애완견인데, 풍토병에 걸려 숨을 거뒀다고 했다. 몹시 사랑해서 차마 땅에 묻지 못하고 박제로 만들었단다. 죽어도 살아 있는 체해야 하다니, 섬뜩했다. 썩지도 못하고 애완견 노릇을 하느니 땅에 묻히겠다. 구야는 조선 땅에 묻고 온 가족을 떠올렸다. 흙을 뿌리기 전에 마지막으로 보았던 얼굴들은 이제 아득했다.

"너도 이리 좀 와봐라."

구야는 독토르를 따라 책상으로 다가갔다. 독토르는 꽃병에서 꽃잎을 한 장 뜯어 네모난 유리 판때기 사이에 끼웠다. 단추를 돌리고 유리판을 둥근 통 밑에 두었다. 구야는 독토르가 시킨 대로 통의 끝에 눈을 갖다 댔다. 눈앞은 뿌옇기만 했다. 독토르의 말대로 한쪽 눈을 감으니 이상한 게 보였다. 성에가 낀 창문에서 뭔가 고물고물 움직인다. 독토르는 지금 보고 있는 것이 꽃잎이라고 했다. 맨눈으로 보지 못하는 꽃잎의 속살이라는 것이다. 이 현미경이란 물건은 어떤 물체든 큼지막하게 만들어 자세하게 보여준다. 망원경은 멀리 있는 것들을 가까이 데려오고, 안경은 어슴푸레한 것들을 또렷하게 보여준다. 파리랑 먼지, 머리카락도 현미경으로 보여주었다. 현미경 아래에서는 모든 게 달라 보였다. 머리카락은 흉터가 난 지렁이처럼 보였고 돌멩이는 커다란 바윗덩이 같았다. 현미경은 눈이 보지 못하는 세상을 보게 했다.

숙소로 돌아가자 타다야마가 진료소에서 무얼 봤느냐고 물었다.

"꽃이요."

"꽃?"

"아니, 꽃 속이요."

구야는 신이 나서 진료소에서 보고 들은 것을 미주알고주알 털어놓았다.

"진료소는 보물 창고 같아요."

벙싯거리는 구야에게 타다야마는 이상한 낌새를 못 챘느냐고 캐물었다.

"아뇨, 그건 왜요?"

"……나야 걱정이 돼서."

서양인들에게 뭔가 배우는 건 좋지만, 물들면 곤란하다고 했다.

"기술만 배우면 좋은데, 마음까지 손아귀에 넣으려고 하거든."

타다야마는 혹시 독토르가 기도를 하라거나 종교를 믿으라고 했느냐고 물었다. 구야는 고개를 저었다.

"그런 건 어린 너에게 독이 될 거야."

에도 막부에서는 기독교를 전하려는 서양인들을 곱게 보지 않는다. 얼렁뚱땅 감언이설에 넘어가 전도라도 당하면 구야마저 위태롭다고 했다. 그러니 진료소에서 일어난 일을 자신에게 소상하게 알려달라고 부탁했다.

진료소에 가면 독토르가 구야에게 질문을 퍼부어댔다. 줄자로 머리통 치수를 재고 몸을 구석구석 살핀 뒤 조선이 어떤 나라인지 물었다. 하지만 구야는 어디서부터 조선 이야기를 꺼내야 할지 몰랐다. 구야가 말문을 열지 못하자 독토르는 서양에 알려진 조선에 대한 이야기부터 들려주었다. 하지만 독트르가 꺼낸 조선 이야기는 거개가 허무맹랑했다.

서양 사람들에게 조선은 '보물섬'이었다. 켈파르트 섬*은 금과 은이 널린 보물섬이며, 날개 달린 여자들이 허공에서 빨래를 털고, 허리 아래가 물고기인 남자들이 뿔피리를 분다는 거다. 게다가 조선 사람들의 가슴엔 큰 구멍이 뚫려 있어 먼 길을 갈 땐 창으로 사람들을 주렁주렁 꿰어간단다. 구야는 조선은 괴물이 아니라 사람이 사는 곳이라고 했다.

"그럼, 어떤 곳인데?"

독토르는 구야의 얘기를 종이에 받아 적었다. 왕이나 왕비, 궁궐이 어떠냐고도 물었지만, 구야가 알 리 없었다. 독토르는 유럽에 돌아가면 동양인 얼굴로 전시회를 열 건데, 구야의 얼굴을 조선인 표본으로 삼겠단다. 이야기를 다 듣고 나서 독토르는 구야를 칠면조 노인에게 맡겼다.

*

모델 일은 만만치 않았다.

---

* 제주도를 가리킨다.

등에 널빤지를 댄 듯 꼿꼿이 앉아 있어야 했다. 엉덩이가 배기고 몸이 꼬였다. 칠면조 노인은 입만 움찔거려도 호통을 쳤다. 발가락만 꼼지락거려도 알아챘다. 눈으로 파리를 쫓아도 질색했다. 등줄기로 식은땀이 흘렀다. 고양이를 그릴 때처럼 잽싸게 그려주면 안 되나. 독토르는 이 그림은 책에 도판으로 실리니 공을 들여야 한다고 구야를 달랬다. 칠면조 노인은 구야를 앞에 두고 붓만 놀려댔다. 구야는 칠면조 노인을 바라보았다. 화가가 모델을 관찰하듯 모델도 맞은편의 화가를 바라보는 법이다. 칠면조 노인은 주름투성이인데, 대추씨만 한 눈은 아이처럼 반짝거렸다.

독토르에게 들은 바로, 사람들은 칠면조 노인을 '그림에 미친 늙은이' '화광(畵狂)'이라고 부른다고 했다. 진짜 이름이 뭐냐고 물으니 독토르는 고개를 갸웃거렸다. 글쎄, 지금은 뭐라고 불리는지. 독토르는 칠면조 노인이 이름을 스물댓 번쯤은 바꿨다고 했다.

부모님이 지어주신 이름을 바꾸다니. 처음엔 황당했지만 할아버지를 떠올리면 이해되었다. 할아버지에게도 '동훈(冬薰)' '적운(積雲)'이란 호가 있었다. 사랑방에 놀러온 어르신들은 할아버지를 "여보게, 동훈" "이보게, 적운"이라고 불렀다. 구야도 어린 시절엔 '개똥이'로 불렸다. 귀한 아들을 혹여 귀신이 탐낼까 봐 붙인 이름이란다. 개똥을 주워갈 귀신은 없을 테니까. 그러다 기저귀를 뗄 때쯤 개똥이란 이름도 버렸다. 갓난쟁이 시절에 자기 이름이 개똥이었다는 얘길 듣고, 구야는 계속 그 이름으로 살았으면 어땠을까 몸서리를 치기도 했다.

궁금증에 시달리던 구야는 칠면조 노인에게 왜 이름을 그렇게 바꾸느냐고 물었다.

"새로 태어난 거 같거든."

며칠 동안 마주 앉아 있어서 그런지, 칠면조 노인도 구야에게 낯이 익은 모양이었다. 그는 구야에게 어쩌다 여기까지 오게 되었느냐고 물었다. 구야의 이야기를 들은 칠면조 노인은 초록색 눈동자 때문에 여기까지 온 거냐고 히죽거렸다. 구야가 울상을 짓자 그는 "나도 마음의 불을 따라 여기까지 왔으니, 피장파장일세"라고 말했다. 칠면조 노인은 붓을 놀리며 남 얘기를 하듯 자기 이야기를 들려주었다.

칠면조 노인은 대대로 소방수인 집안의 넷째 아들로 태어났다. 아들은 가업을 이어 평생 불을 꺼야 했다. 하지만 소년은 불난 자리에 가면 너울거리는 불꽃에 넋을 잃었다. 불꽃은 갸름한 뱀 혀처럼 모든 것을 핥아 재로 바꿔놓았다. 불을 끄기보다는 종이에 불을 그리고 싶었다. 소년은 방에 틀어박혀 거듭 불꽃을 그렸다. 푸른 불꽃 속에 주홍 불꽃, 노란 불꽃 안에 하얀 불꽃. 불꽃은 겹겹의 꽃잎에 둘러싸였다. 금방이라도 종이를 살라버릴 것 같은 불의 꽃이었다. 집안 어른들은 불귀신이 지폈다며 질색했다. 불꽃에 반한 아이는 소방수가 될 수 없다. 아들이 넷이니 쭉정이 하나쯤은 내쳐두자고 포기했다. 하지만 손위 형들이 차례로 죽고 셋째 형마저 대들보 밑에 깔리자, 어른들은 막내에게 가업을 물려받으라고 닦달했다. 그림을 놓지 않자 가둬두고 매질을 일삼았다.

구야는 칠면조 노인의 이야기를 들으며 염라댁 주막을 떠올렸다.

"그래서요?"

소년은 초승달이 새파란 밤 집에서 도망쳤다. 구야는 한나와 조선을 떠나던 날을 떠올렸다. 구야는 칠면조 노인에게 고향이 그립지 않느냐고 넌지시 물었다. 칠면조 노인은 대답 대신 노래를 흥얼거렸다.

오로지 순간을 살며,
달과 눈, 벚꽃, 단풍처럼 노래하네.
흐르는 강물의 물살에 떠밀리는 꽃잎처럼
근심 걱정을 떠나 표표히 한 생, 흘러가네.

칠면조 노인은 궁둥이를 붙이고 한 풍경만 보는 건 질색이라고 했다. 화가는 구름처럼 흘러다니며 땅은 종이로 발은 붓 삼아야 한다는 거다. 그는 정해진 거처도 없이 민들레 홀씨처럼 떠돌아다니는데 기회만 된다면 세계 유람을 하고 싶다고 했다. 독토르가 보여준 세계지도가 떠올랐다. 지도를 보면 세상에는 정말 많은 나라가 있다. 조선은 지도에서 새끼손톱만 했다. 데지마는 벼룩이었다. 구야가 태어나고 자란 곳, 지금 있는 곳은 모두 세상의 아주 작은 부분에 지나지 않았다. 지도는 구야에게 다른 세상이 있다는 것을 보여주었다. 종이 한 장이 구야 앞에 넓은 세계를 펼쳐주었다.

"새로운 세상을 보면 새로운 눈이 뜨인다. 보는 게 새로워지면 생각도 바뀌고."

칠면조 노인은 그림을 잘 그리려면 여행을 많이 다녀야 한다고 말했다. 그런데 왜 데지마에 머물고 있느냐고 구야가 물었다.

"서양인들은 보는 법이 달라."

서양인이나 동양인이나 사람 눈은 두 개다. 두눈박이들이 보는 풍경은 똑같지 않을까. 칠면조 노인은 지니고 다니던 서양 화첩을 보여주었다. 누군지 몰라도 그림에다 산을 빼다 박아놓았다. 산은 산답게 저만치 물러앉아 있고, 짚 더미의 지푸라기는 올올이 살아 있었다. 칠면조 노인의 검버섯이 핀 손이 종이를 쓸어내렸다.

"종이는 평평하다. 근데 봐라, 풍경은 울퉁불퉁해. 앞에 건 크고 뒤에 건 작지?"

서양인들은 그림에다 마술이라도 부린 걸까. 죽은 개를 박제로 만들거나, 꽃잎의 속을 보여주듯. 칠면조 노인은 이런 걸 '원근법'이라 부른다고 했다. 칠면조 노인은 자기가 그린 나가사키 항구의 풍경화도 보여주었다. 달걀흰자와 왁스, 기름칠을 한 그림은 구운 돼지 껍질처럼 번들거렸다. 칠면조 노인은 동양인이 이렇듯 완벽하게 원근법을 구사한 예가 없었다며 우쭐댔다. 원근법이 뭔지는 모르겠지만, 진짜 항구 풍경과 마주한 것 같았다. 창문 밖 풍경을 그대로 떼다 옮겨놓았다. 구야는 칠면조 노인에게 서양 화법을 가르쳐달라고 졸라댔다. 칠면조 노인은 일단 초상화를 마무리 지어야 한다고 말했다.

*

'이게…… 나라고?'

완성된 초상화를 보고 구야는 어이가 없었다.

그림 속엔 넋 나간 아이가 앉아 있었다. 귀는 주전자 손잡이 같고, 이마는 납작했다. 눈썹은 숯덩이에, 머리털은 주인 떠난 까마귀 둥지였다. 구야가 이건 자기가 아니라고 구시렁대자, 칠면조 노인은 사람은 누구나 자신의 진짜 얼굴은 보지 못하는 법이라고 했다. 사람은 자기 생김새를 그럴싸하게 상상하게 마련이다. 하지만 실물과는 딴판이다. 상상의 '나'와 진짜 '나'는 다르다는 걸 인정하지 못하면, 영영 진짜 자기 얼굴을 보지 못한다.

그래도 억울했다.

염라댁도 이런 심정이었을까. 염라댁이 환쟁이를 싫어하게 된 데는 까닭이 있었다. 염라댁이 막 퇴기가 되었을 때 동네 알부자인 남 생원이 후처를 구했단다. 지원자들이 몰렸고, 남 생원의 부탁을 받고 텁석부리 환쟁이가 여자들의 얼굴을 그렸다. 염라댁은 완성된 그림을 보고는 기겁했다. 부리부리한 눈망울과 삐져나온 코털, 두툼한 입술을 한 흉물이 느물느물 웃고 있었다. 염라댁이 왜 도깨비를 그렸느냐고 묻자 환쟁이는 경대에 얼굴을 비춰보라고 대꾸했단다. 염라댁은 길길이 날뛰며 그림을 찢어발겼다. 저건 절대 자기가 아니라고 하자, 환쟁이는 자긴 본 대로 그렸다고 불퉁거렸다. 염라댁은 환쟁이에게 술과 고기 안주를 내주며 부탁했지만, 텁석부리는 자기는 멧돼지를 미녀로 둔갑시키는 산신령이 아니라 일개 환쟁이라고 엄살을 떨었다. 술병을 다 비우고 고기는 마지막 한 점까지 다 먹고 말이다.

"그 환쟁이 놈만 아니었으면 남 생원에게 시집을 갔을 텐데, 이놈의 주막에서 벼룩에게 뜯기며 살지 않았을 것을. 어이구, 내 팔자야. 팔자 좀 고치자는데. 그놈의 환쟁이 손모가지를 확 분질렀어야 했는데."

염라댁의 얼굴을 보면 환쟁이는 죄가 없다. 본 대로 그렸을 뿐이다. 그럼 나도 염라댁처럼 억지를 부리는 걸까?

구야는 진료소에 걸린 거울과 그림을 번갈아 들여다보았다. 그래도 이건 아니다. 껍데기는 닮았는데, 알맹이는 아무래도 남이었다. 구야는 거울을 보며 싱글거리고, 이맛살을 찌푸려보거나 뺨을 불룩거려보았다. 분명히 내 얼굴을 그린 건데 왜 나 같지 않을까? 카피탄의 집무실에 걸린 그림은 화가의 자화상이라고 했다. 서양인의 기술을 익히면 그런 그림을 그릴 수 있을까? 만약 내가 나를 그린다면 어떤 모습일까? 구야는 모델이 아니라 화가로서 자기 얼굴을 그려보고 싶었다. 구야는 칠면조 노인에게 그림 그리는 법을 알려달라고 졸라댔다. 칠면조 노인은 할 일이 있다며 대답을 피했다. 싫다고 하면 어깨너머로라도 배우면 된다는 생각에 구야는 진료소에 계속 나가기로 마음먹었다.

*

진료소에 간 구야는 칠면조 노인부터 찾았다. 독토르는 칠면조 노인이 일이 많아 만나주지 않을 거라고 했다. 구야는 귀찮게 굴지 않을 테니 있는 곳을 알려달라고 졸라댔다. 독토르는 인사라도 하겠다는 말을 물리치지 못했다.

구야는 진료소 뒤편의 창고로 향했다. 창문은 두꺼운 널빤지로 가려졌고, 문은 굳게 잠겨 있었다. 구야는 문을 두드리며 칠면조 노인을 불렀다. 한참 뒤에야 문이 반쯤 열리고 칠면조 노인이 모습을 나타냈다. 구야가 약속을 지키라고 뻗대자, 칠면조 노인은 그런 약속을 한 적이 없고 자기는 바쁘니 나중에 보자며 문을 닫으려고 했다. 구야는 칠면조 노인이 숨어서 그림을 그리고 있다고 생각했다. 닫히려는 문에 몸을 밀어 넣으며 잽싸게 안으로 들어갔다. 널찍한 책상에는 목판들이 놓여 있었고 바닥에는 톱밥이 뒹굴었다.

"이건 뭐고, 여기서 뭐하시는 거예요?"

칠면조 노인은 그건 네가 알 바 아니라며 얼른 나가라고 채근했다. 구야는 목판들을 힐끔거리며 자기가 도울 일이 없느냐고 물었다. 삯도 받지 않고 열심히 일하겠다고 졸라대자 칠면조 노인은 뭔가를 생각하는 눈치였다.

"목판 새기는 게 품이 많이 들긴 한데……"

망설이던 칠면조 노인은 비밀을 지킬 자신이 있느냐고 물었다. 구야가 고개를 끄덕이자 칠면조 노인은 너를 믿으마,라고 말했다.

"그런데 여기서 뭘 하시는 거예요?"

"지도를 만들고 있어."

일본 구석구석을 다니며 그렸던 풍경화를 목판에 옮겨 지도를 만든다고 했다. 구야는 왜 그런 일을 하느냐고 물었다.

"지도는 여행자한텐 길잡이야."

지도만 있으면 덜 헤맬뿐더러 위험한 데는 피해 다닐 수 있다는 것이다.

"산짐승이야 배를 곯겠지만."

칠면조 노인은 독토르가 조만간 데지마를 떠날 테니 일을 서둘러야 한다며 구야에게 목판을 안겼다. 목판을 다루는 일은 막노동이었다. 칼이 엇나가 상처가 수두룩하게 났다. 손등에 붉은 빗금이 수없이 갔다. 구야가 나무 덩어리를 깎아 윤곽을 잡으면 칠면조 노인이 세밀하게 다듬었다. 목판을 새기느라 어깨와 팔이 욱신거렸지만 어미 돼지가 새끼를 치듯 목판 한 장이 그림들을 낳는 건 신기하기만 했다.

낮에는 돼지를 치고, 저녁에는 목판을 깎다가 밤늦게 녹초가 되어 숙소로 돌아갔다. 타다야마는 구야의 손을 보고 질겁했다.

"놈들이 못살게 굴든?"

고개를 흔들자 타다야마는 손에 난 상처들을 가리켰다. 일을 도와준다고 발뺌하니, 무슨 일을 하느냐고 물었다. 구야는 아무에게도 말하지 말라고 한 칠면조 노인의 말을 떠올렸다. 타다야마는 양인들과 어울리느라 자기는 뒷전이냐고 섭섭해했다. 토라져서 말도 하지 않았다. 장작을 팼다고 둘러대니 상처가 짧고 얕은 걸 보면 도끼 때문에 생긴 상처는 분명 아니라고 도리질 쳤다.

"구야는 날 못 믿는 건가?"

구야는 타다야마를 믿지 못해서가 아니라 비밀을 지키겠다고 한 약속 때문이라고 말했다. 타다야마는 자기가 남의 비밀을 지켜주지 못할 사람처럼 보이느냐고 물었다. "여기 데지마에서 벗이라곤 너뿐인데 네가 날 믿지 못한다면 나는 뭐가 되겠느냐?" 구야는 한참을 망설인 끝에 입을 열었다.

"지도? 일본 지도를 만든다고?"

일단 입을 여니 말이 술술 풀려 나왔다. 곧 일본 전역의 풍경이 담긴 지도가 완성될 거라고 뻐기자, 타다야마는 감탄하며 완성되면 한 장 가져다 달라고 부탁했다. 자기도 더 늙기 전에 일본 구석구석을 여행해보고 싶다고 했다. 지도가 완성되자 구야는 한 장을 따로 찍어 타다야마에게 가져다주었다. 몇 번이고 고개를 조아리며, 타다야마는 요긴하게 쓰겠다고 약속했다.

＊

"선원용 나이프다. 배를 타면 이모저모 쓸모가 많을 게다."

독토르가 날붙이를 내밀었다.

"이건 뭐에 쓰는 거예요?"

독토르는 날을 칼집에 넣고 끄집어내며 시범을 보였다. 칼집을 펴니 손잡이가 되었다.

"칼 다루는 데 서툴러도 칼집이 있으니 덜 다칠 게야."

칠면조 노인이 손잡이에 이름도 새겨주었다. 구야는 지도가 완성되어 주는 선물이냐고 물었다.

"네가 떠난다는데 그냥 보낼 수는 없지 않느냐."

"누가 떠나요?"

"배를 탈 게 아니냐. 황금 히아신스호, 스페르베르호 선원들도 간다던데."

참말이냐고 물었더니 독토르가 고개를 끄덕였다. 지금 한창 출항 준비로 부둣가가 북새통이라는 것이다.

"아무 소식도 듣지 못했는데."

낮에는 돼지를 돌보고 땅거미가 지면 진료소에 나가니 도통 네덜란드 선원들과 만나질 못했다.

'나만 두고 떠난다고!'

구야는 네덜란드 선원들 숙소까지 한달음에 갔다. 문이 열리자 탁자에 둘러앉아 카드놀이를 하는 선원들이 보였다. 책상에 앉아 펜대를 놀리던 하멜이 구야를 보고 알은체를 했다.

"구야, 오랜만이다! 그동안……"

구야는 성큼성큼 핌에게 가서 따져 물었다.

"나만 빼고 배를 타고 네덜란드로……"

흥분해서 말이 나오지 않았다. 핌은 도대체 무슨 소리냐고 천천히 말해보라고 했다. 구야의 이야기를 들은 핌은 사실이 아니라고 했다.

"우리가 떠날 사람들처럼 보이니?"

호베르는 카드를 섞으며 구야에게 뜬소문이라고 말했다.

"아직 승선 허가가 나질 않았어."

"그럼 이번에도……"

"우리도 죽을 맛이야."

호베르와 핌은 마주 앉아 카드놀이를 다시 시작했다. 구야는 책상에 앉아 펜대를 놀리는 하멜에게 다가갔다. 하멜은 아랑곳하지 않고 뭔가를 열심히 쓰고 있었다. 한나가 말하던 보고서가 아직 완성되지 않은 모양이다.

"제 이야기도 여기 나와요?"

구야가 묻자 하멜은 펜촉을 잉크에 적시더니, 아직 거기까지는 쓰지 못했다고 했다. 호베르와 핌은 기왕 온 김에 카드놀이나 같이하자고 했다. 못 이기는 척 끼어들었던 구야는 카드놀이에 푹 빠졌다. 저녁이 다 돼서야 호베르와 핌은 게임을 그만두고 밥이

나 먹자고 했다. 구야가 가야 한다고 말하자, 핌은 조금 있으면 한나가 상관에서 돌아올 것이니 얼굴이나 보고 가라고 말했다. 너무 늦으면 요리사에게 혼쭐이 날 테지만, 한나도 보고 싶었다. 핌을 도와 당근을 다듬는데, 계단을 밟고 올라오는 발자국 소리가 들렸다. 문이 열리고 한나가 뛰어 들어왔다.

"큰일 났어요!"

한나가 하얗게 질린 얼굴로 가쁜 숨을 몰아쉬었다.

"무슨 일이니?"

핌이 묻자 한나는 독토르가 잡혀가게 생겼다고 말했다.

"뭐?" 놀란 구야가 무슨 일이냐고 묻자 한나는 네가 왜 여기 있느냐고 되레 놀랐다.

"독토르에게 무슨 일이 생겼다며?"

"에스미가 그랬어. 너도 진료소에 드나들었다며?"

"응. 너도 그러라고 했잖아."

"너, 혹시 독토르랑 가깝게 지냈어?"

"물론, 독토르랑 칠면조 노인은 내 선생님이야."

"칠면조 노인? 혹시 그 화가 말하는 거야?"

"왜 그러는 건데?"

한나가 구야의 손을 잡았다.

"앞으로 절대 그런 소리 하지 마."

"왜 그러는 건데?"

"일본 관헌들이 독토르를 잡으러 갔대. 좀 전에. 상관도 발칵 뒤집혔고."

구야는 낮에도 독토르와 함께 있었다며 말도 안 되는 소리라고 했다.

"상관에서 들었어. 그래서 네 걱정도 됐고."

한나는 카피탄의 집무실에서 들은 말을 전해줬다.

"에스미 아빠 말론 독토르가 문제를 일으켰다고."

"무슨 문제?"

한나가 그것까지는 모르겠다고 말했다. 구야는 가파른 계단을 뛰어 내려갔다. 한나가 치맛자락을 펄럭이며 뒤따라왔다.

*

진료소 앞에 사람들이 장사진을 쳤다. 구야는 구경꾼들을 헤치고 앞으로 나갔다. 진료소 문은 박살이 났고 사방에 종잇장이 뒹굴었다. 떨어진 나팔꽃 송이는 짓밟혀 뭉그러졌다. 칼을 찬 남자가 에바를 들고 나왔다. 유리구슬 눈알은 무심히 반짝거렸다. 구경꾼들이 수군거렸다.

"세상에! 독토르가 밀정이었단 거지?"

"양인들을 믿으면 안 된다니까. 지도를 서양인들에게 넘겨주려고 했다나 봐."

구야는 사람들의 눈을 피해 뒷마당의 창고로 향했다. 창고 안에서 한 남자가 목판을 뒤적거리고 있었다. 인기척에 남자는 고개를 들었다.

타다야마가 왜 여기 있는 거지? 새벽에 양을 몰고 언덕으로 나갔는데.

"이게 네가 새긴 목판이란 거지?"

구야는 타다야마를 빤히 바라보았다.

"고맙다, 여하간."

구야가 무슨 말이냐고 묻자, 타다야마는 목판을 내려다보며 말했다.

"네 덕에 죄인들을 잡아넣을 수 있었거든."

구야는 그들이 왜 죄인이냐고 따져 물었다.

"몰라 묻느냐? 지도를 만들었잖아."

"그게 무슨 잘못이라고."

"지도를 만들어 적에게 길을 알려주는 건 큰 죄지."

구야는 그제야 누구에게든 비밀로 하라던 칠면조 노인의 말이 떠올랐다. 까닭을 알려주지 않았기에, 그저 나중에 놀라게 해주려고 그러나 보다, 가볍게 생각했었다. 구야는 칠면조 노인을 어쩔 셈이냐고 물었다.

"아마 성에 갇혀 쇼군을 위한 지도를 만들겠지."

구름처럼 살고 싶다던 칠면조 노인이 성에 갇히면 어떻게 살 수 있을까.

"네가 지금 다른 사람 걱정할 때가 아닌 것 같은데."

타다야마는 원칙대로라면 지도를 만든 일을 도운 구야도 잡혀

가야 한다고 말했다.

"하루 말미를 줄 테니 여기서 떠나라."

타다야마는 양을 대신 잡아준 은혜를 갚는 거라고 했다. 하지만 내일 오후엔 상관으로 들이닥쳐 구야를 잡아들일 거라고 못박았다. 남자들 한 무리가 창고 안으로 몰려들었다. 타다야마의 지시에 따라 목판들을 밖으로 옮겼다. 구야는 쫓기듯 창고를 빠져나왔다.

"지도를 만들었다고?"

구야는 한나에게 칠면조 노인은 잘못이 없다고 말했다.

"여행자들에게 길을 알려주려고 그랬는데."

한나가 울먹이는 구야를 달래며 상관으로 함께 가자고 했다.

"카피탄에게 부탁하면 방법이 생길 거야."

카피탄은 독토르나 칠면조 노인을 도울 수 없다고 딱 잘라 말했다.

"규칙을 어기면 어떤 일이 벌어질지 뻔히 알면서. 굳이 지도 같은 걸 만들어서."

카피탄은 데지마가 네덜란드 땅이 아니라 일본 땅이라고 말했다. 네덜란드 상인들은 돈을 주고 땅과 건물을 빌려 쓸 뿐이다. 사정이 아무리 딱해도 일본의 요구를 거절하지 못한다. 일본과의 무역에서 동인도회사가 얻는 이익은 막대하다. 일본의 비위를 건드려 손해를 봐선 안 된다.

독토르는 추방될 테지만, 서양인들에 대한 감시가 심해질 거라고 했다. 카피탄은 구야가 어찌 되건 상관하지 않았다. 그저 양치기였던 타다야마가 상관에 대해 나쁜 얘기라도 했을까, 전전긍긍할 뿐이었다.

"저도 그럼, 여기 있어선 안 되잖아요."

구야의 말에 카피탄은 눈살을 찌푸렸다. 하긴 조선인을 상관에 숨긴 것이 들통 나면 곤란해질 게 뻔했다. 구야는 타다야마의 말을 카피탄에게 전했다. 카피탄은 이 골칫거리를 해결하기 위해 한참을 끙끙거렸다. 조선으로 돌려보낼 수도 없고, 상관에 그냥 둬서도 안 된다. 구야가 살길은 하나뿐이었다.

제3장

황금 히아신스호, 빌지의 쥐

황금 히아신스호는 오늘 저녁 출항한다.

카피탄은 구야를 황금 히아신스호 승선 명단에 올려주었다. 그 배를 타고 당장 데지마를 떠나라고 했다. 다른 네덜란드 선원들도 함께 떠나면 안 되느냐고 물었지만 단칼에 거절당했다. 구야는 혼자서 배를 타고 떠날 엄두가 나지 않았다. 하지만 상관에 머물 수도, 조선으로 돌아갈 수도 없었다. 타다야마는 내일까지 데지마에서 떠나라고 명령했다. 계속 머문다면 목숨도 부지할 수 없을 거라면서. 한나는 일단 선원 숙소에 가서 의논해보자고 했다. 소식을 들은 그룩스는 이죽거렸다.

"황금 히아신스호 선원이라니, 출세했네."

성씨나 생김새처럼 가난도 부모에게서 물려받는다. 가난한 집

아이들은 군인이나 선원이 되길 꿈꿨다. 17세기 네덜란드의 영웅은 스페인과의 전쟁에 참전한 군인이나 잇속에 밝아 돈을 거머쥔 상인, 그리고 동인도회사 선원이다.

"보내준다고 했을 때 얼른 떠나. 우리처럼 발 묶이지 말고."

네덜란드 선원들은 부러워했지만, 구야는 자기 때문에 칠면조 노인과 독토르가 잡혀갔다는 사실이 괴롭기만 했다. 핌은 일단 살길을 찾아야 한다고 구야를 설득했다.

"다들 두고, 어떻게 저만 혼자……"

"영영 헤어지는 게 아니야. 너 먼저 네덜란드에 가는 거지."

한나도 구야에게 무사히 살아남는 게 우선이라고 했다. 초록빛 눈에 눈물이 그렁그렁했다. 구야는 새벽녘까지 잠을 이루지 못했다. 모든 게 후회스러웠다. 왜 타다야마의 정체를 알아보질 못했을까? 이국에서 조선말을 하고 살갑게 대해줬다는 이유로 하지 말아야 할 말까지 해버렸다. 섣불리 누군가를 믿은 게 잘못이다. 다시 돌아갈 수 있다면 그 말들을 다 지워버리고 싶었다.

*

다음 날 새벽, 핌은 구야를 흔들어 깨웠다. 다들 잠들어 있어 작별 인사도 못했다. 구야는 곤히 잠든 한나의 얼굴을 내려다보았다. 이 얼굴을 언제 다시 볼 수 있을까. 서두르라는 핌의 말에, 구야는 쫓기듯 선원 숙소를 나섰다. 부관이 모는 마차를 타고,

구야는 핌과 항구로 향했다. 마차에서 내린 두 사람은 골목 끝에 있는 '바다의 방랑자'란 가게를 찾아갔다. 문을 열자 나무 향내와 기름 냄새가 물씬 풍겼다. 천장엔 그물이 걸렸고, 벽엔 작살들이 늘어섰고, 상자와 통이 구석구석을 차지했다. 벽에 걸린 만새기* 박제의 눈알은 기름을 발라 반들거렸다.

"여기, 급사용 궤짝이 필요한네."

핌이 부르자 금속 테를 두른 통에 앉아 술을 마시던 주인이 일어섰다. 선원 상자가 어디 있는지 묻자 주인은 두 사람을 창고로 데려갔다. 거기엔 쇠 경첩과 자물쇠가 달린 상자, 나무로 얼기설기 엮은 상자 등이 놓여 있었다.

주인은 녹슨 나무 상자를 끌어냈다. 옥수수 껍데기를 채운 매트리스, 이불, 멀미에 특효인 물약이 든 갈색 병, 검은 바지 두 벌과 하얀 셔츠, 주홍 저고리, 돛천으로 만든 방수 바지, 양말 네 켤레도 샀다. 핌은 나이프, 접시, 잔, 뚜껑 달린 항아리도 필요하다고 했다.

"이 많은 걸, 무슨 돈으로 사요?"

핌은 동인도회사에서 출항 전 선원들에게 급료 중 일부를 떼어준다고 했다. 항해에 필요한 옷과 장비를 구입하라는 건데, 공짜는 아니다. 항해가 끝나면 이자까지 더해 급료에서 제했다. 승선용 물품을 사고 나서 핌과 구야는 부둣가로 향했다. 선원들의

---

* 몸길이 1.5미터의 바닷물고기.

노랫소리가 들렸다.

나는 바다를 사랑하는 풋내기
자랑스러운 동인도회사 선원
인디언과 백인, 황인은 우리 발아래 있다.

핌은 돛대가 셋인 대형 무역선을 가리키며 저게 황금 히아신스호라고 일러줬다. 앞머리에 붙은 사자 조각상의 갈기가 황금빛으로 반짝거렸다.

승선을 알리는 북소리가 들렸다. 핌은 구야의 손을 잡고 사람들을 헤치고 나갔다. 연단에 선 남자가 승선 명단에 적힌 이름을 호명했다. 선원 상자를 짊어진 남자들이 앞으로 나섰다. 맨 마지막으로 구야의 이름이 불렸다. 구야가 상자를 들고 나가자 막일꾼은 선원 상자에 백묵으로 이름과 배 이름을 적고 달군 인두를 궤짝에 댔다. 연기가 피어오르고, 네덜란드 동인도회사의 약자인 'V. O. C.(Vereenigde Oost-Indische Compagnie)' 낙인이 찍혔다.

이제 배에 타야 할 시간이다. 핌은 구야의 등을 떠밀었다. 갑판장을 따라 선원들이 차례로 거룻배에 올라탔다. 핌은 구야를 안고 등을 두드려주었다.

"먼저 가서 기다리고 있어라. 우리가 곧 따라가마."

갸우뚱거리는 거룻배에 구야도 떠밀리듯 올라탔다. 선원들을 태운 거룻배는 부두에서 점점 멀어졌다. 인파에 묻혀 핌의 모습은 보이지 않았다. 황금 히아신스호에 닿은 순간, 거룻배는 큰 소리를 내며 휘청거렸다. 뱃전에 매단 모래주머니가 그나마 충격을 줄여주었지만 선미에 섰던 선원 하나가 물에 빠졌다. 갑판장은 액막이를 한다며 물에서 끌어 올려진 선원에게 쌀을 뿌려댔다. 구야는 얼굴에 떨어진 쌀알을 털어냈다.

까마득하게 높은 갑판에서 밧줄 사다리가 내려왔다. 선원들은 원숭이처럼 밧줄 사다리를 타고 올라갔다. 구야도 사다리 맨 아랫단에 매달렸다. 사다리는 자꾸 한쪽으로 비틀렸고, 까끌까끌한 밧줄 사다리에 손바닥이 쓸렸다. 꼭대기까지 올라갈 일이 까마득했다. 위만 보고 발을 놀려 사다리 끝까지 올랐다. 뱃전의 선원들이 손을 뻗어 구야를 끌어당겼다.

출항을 앞둔 배의 갑판은 장터처럼 북적거렸다. 기계와 나무가 내는 소리, 각국에서 온 사람들이 떠드는 소리로 요란스러웠다. 선원들은 출항 준비로 우왕좌왕했다. 권양기*가 화물을 갑판으로 끌어 올렸다. 윗옷을 벗은 선원은 팔뚝만큼 굵은 밧줄을 당기고 용총줄**로 기어 올라갔다. 쇠테를 두른 통들이 굴러가고 선원들은 바닥에 깔린 밧줄과 통나무 사이로 바삐 움직였다. 구야는 어디로 갈지 몰라 멀뚱히 서 있었다.

"뭘 꾸물거려. 네 자리로 가."

---

\* 화물을 달아 올리는 기계.

\*\* 돛대에 매어놓은 줄.

채찍을 든 남자가 성큼성큼 다가왔다. 구야가 어물거리자 남자
는 원숭이 주먹만 한 매듭이 달린 채찍을 휘둘렀다. 그는 갑판에
침을 뱉고는 구야를 갑판 한구석으로 끌고 갔다. 거기에는 구야
또래의 아이들이 열댓 명쯤 모여 있었다. 궤짝에 올라선 남자는
자신이 황금 히아신스호의 급사장이라고 했다. 뒤이어 염소수염
법무관이 나타나 벌칙들을 읊어댔다. 제일 가벼운 벌칙은 벌금,
불을 내거나 싸우면 용골 끌기*나 채찍질 형, 선상 반란이나 살
인은 사형이다. 아이들은 겁에 질린 표정으로 입을 다물었다. 급
사장은 아이들을 하나씩 지목하더니 할 일을 정해주었다.

"넌 창고. 거기 뚱보는 목수 조수, 주근깨는 조리실로 가라."

급사장이 채찍을 휘두르자 아이들은 잽싸게 흩어졌다. 구야를
비롯한 네 명만 오갈 데 없이 남았다.

"조무래기들은 펜에게 가봐라."

통통한 아이가 펜이 누구냐고 묻자 급사장은 채찍으로 돛대를
가리켰다. 빨간 머리의 말라깽이가 활대 위를 걷고 있었다. 두
팔을 벌리고 갸우뚱갸우뚱 앞으로 가는 모습이 아찔했다. 아이
들이 돛대 아래로 가자 펜은 갑판으로 뛰어내렸다. 구야는 눈을
질끈 감았다. 펜이 아이들을 둘러보더니, 자길 따라오라고 했다.
휘파람을 불며, 계단을 네 개씩 뛰어 내려가는 펜을 구야는 숨
가쁘게 쫓았다.

---

* 사람을 밧줄에 묶은 채 바다로 던져 끌고 가는 형벌.

갑판 아래로 내려가자 소금과 콜타르, 연기와 나무 냄새가 코를 찔렀다. 배는 나무로 만든 커다란 집이었다. 층이 나뉘고, 층마다 방들이 칸칸이 들어찼다. 좁다란 복도로 들어서니 좌우로 문들이 늘어섰다. 문마다 분필로 이름이 적혔다. 구야는 문이 열린 선실 안쪽을 엿봤다. 커다란 옷장만 한 선실은 이층 침대로 꽉 찼다. 옷걸이에 외투를 거는 남자 발치에서 여자는 짐을 풀었다. 침대 아래 칸에서 스케치북을 펴 든 아이가 보였다. 뭘 그리고 있는지 궁금해 기웃대자 펜이 소리를 질렀다.

"니들은 여객실엔 출입 금지다."

복도 끝에서 다시 계단이 이어졌다. 아래로 내려갈수록 삐걱거리는 소리가 더 커졌다. 배가 끙끙 앓는 것 같았다. 주위는 점점 캄캄해지고, 펜이 든 등불의 빛은 가물가물했다. 모퉁이를 도는데, 축축한 것이 구야의 발목을 스쳐 지나갔다. 비명 소리를 듣고 펜이 다가와, 등불을 들어 올려 바닥을 살폈다. 아이들은 숨을 죽이고 바닥에서 움직이는 불빛을 바라보았다. 잠시 후 펜은 단숨에 뭔가를 낚아챘다. 꼬리를 잡힌 쥐는 몸을 비틀었고, 벽에 비친 그림자도 꿈틀거렸다.

"쥐는 보는 족족 죽일 것."

펜은 버둥거리는 쥐를 벽에다 패대기쳤다. 바닥에 떨어진 쥐를 보고 구야는 몸서리를 쳤다.

구불구불 이어진 복도와 계단을 지나, 구야와 아이들은 배의 맨 밑바닥에 도착했다. 발아래서 물이 참방거렸다.

"자, 여기가 니들이 앞으로 일할 빌지(bilge)다."

아이들 중 하나가 긴 한숨을 내쉬었다.

"빌지라니, 맙소사."

펜이 등불을 쳐들자 벽에 쌓인 궤짝들과 펌프들이 희미하게 보였다. 궤짝 위에서 이불 뭉치 같은 것이 꿈틀거렸다. 펜이 등불을 들고 다가가자 붉은 수염이 덥수룩한 남자가 모습을 드러냈다.

"너희, 다들 여기 모여."

아이들은 펜이 시키는 대로 털북숭이 앞에 일렬로 섰다. 궤짝 위의 털북숭이는 뭐가 못마땅한지 혀를 끌끌 차더니 다들 팔뚝을 내밀라고 말했다. 얼굴이 가무잡잡한 아이가 재빨리 소매를 걷어붙였고, 다들 따라서 팔뚝을 앞으로 내밀었다.

"어디서 이런 감자 껍질 같은 놈들만……"

아이들은 털북숭이의 명령에 따라 펌프 앞에 일렬로 섰다. 구야의 양옆에는 금발 아이와 가무잡잡한 아이가 섰다. 털북숭이는 손잡이를 잡으라고 했다. 차가운 쇠붙이가 손에 달라붙었다. 구령에 따라 구야는 손잡이를 내렸다. 펌프는 그르렁그르렁, 가래 끓는 소리만 낼 뿐 물을 토해내지 못했다. 털북숭이는 구야를 밀치고 손잡이를 잡았다.

"똑똑히 봐둬. 처음이자 마지막 시범이다."

펌프는 굵은 물줄기를 뿜어냈다. 통통한 아이가 끙끙대자 털북숭이는 냅다 정강이를 발로 찼다.

"펌프에서 잠시도 손을 떼지 마라."

그 뒤로도 털북숭이는 그 말을 주문처럼 되풀이했다. 그는 기둥 뒤의 큼지막한 궤짝에 누워 눈을 감고 아무 짓도 하지 않았다. 하지만 누군가가 게으름을 피우거나 기운이 빠지면 대번에 알아챘다.

"뭘 넋 놓고 있어. 배가 가라앉으면 밑바닥 놈들부터 수장된다."

그러니 잠시도 쉬거나 한눈 팔지 못했다. 주저앉으면 귓불을 잡아당겨 일으켜 세웠고, 더는 못하겠다고 버티면 손잡이를 잡을 때까지 정강이를 차댔다.

구야 옆의 아이가 투덜거렸다.

"빌어먹을. 빌지의 쥐라니, 하필이면."

배수용 펌프를 맡은 선원들은 '빌지의 쥐'로 불렸다. 배로 스며든 물은 가장 밑바닥인 빌지에 고였다. 나무 판때기의 이음매마다 타르를 발라도 항해를 하다 보면 물이 스며들었다. 나무로 만든 배는 점점 썩어 들어가다 가라앉으니 펌프질을 쉬어서는 안 된다. 빌지의 쥐들은 쉼 없이 펌프질을 해서 바닥에 고인 물을 배 밖으로 밀어냈다. 하루 반나절은 꼬박 펌프에 매달려야 했다. 펌프질에는 별다른 기술이 필요 없으니 숫보기들이 도맡았다. 간혹 뚜껑을 덮지 않고 파이프 담배를 피우거나 쌈질을 한 고참 선원들도 벌을 받으러 빌지로 내려오곤 했다.

어깨가 욱신거렸고, 손목이 뻐근했다. 온몸의 뼈다귀가 삐거덕거렸다. 구야 곁에 선 금발 아이만 아무렇지 않게 펌프질을 해댔고 다른 아이들은 죽을힘을 다해 손잡이를 눌러댔다. 구야의 옷은 땀으로 펑 젖었다.

가무잡잡한 아이가 별안간 뒤로 넘어갔다. 정신을 잃은 듯 바닥에 쓰러졌다. 구야가 도와주려는데, 뒤에서 고함 소리가 들렸다.

"펌프에서 손을 떼지 마라!"

털북숭이는 성큼성큼 다가오더니 쓰러진 아이를 발로 건드렸다. 아이가 꼼짝하지 않자 털북숭이의 눈가에 부챗살처럼 주름이 잡혔다. 쥐를 발로 굴리는 고양이 표정이었다. 구야는 침을 꿀꺽 삼켰다. 털북숭이는 멜빵을 걷더니 바지를 내렸다.

아이의 몸에 노란 오줌 줄기가 떨어졌다. 아이는 오줌 세례를 피하기 위해 뒹굴더니, 소리를 지르며 벌떡 일어났다. 털북숭이는 울상을 짓고 선 아이에게 또 꾀를 부리면 오줌을 먹이겠다고 을러댔다.

교대조가 나타날 때까지 구야는 이를 악물고 펌프질을 했다. 팔에 감각이 사라지고 한참 뒤에야 교대조가 빌지로 내려왔다. 펌프에서 물러서는데 팔다리가 후들거렸다.

빌지의 쥐들은 해치*를 밀고 갑판 위로 올라갔다. 그새 밤이었다. 구야는 갑판 위에 올라 주위를 둘러보았다. 빌지에서 펌프질을 하는 동안 배는 뭍에서 까마득하게 떨어져 나왔다. 이제, 어

---

* 사람이나 화물이 드나드는 갑판의 출입구.

디로도 달아나지 못한다. 꼼짝없이 빌지에 갇혀 펌프질을 해야 한다. 바람이 불었다. 구야는 들썩거리는 모자를 푹 눌러썼다. 그래도 맑은 공기를 들이쉬니 숨통이 트였다. 다른 아이들도 심호흡을 하고 맑은 공기를 마셨다.

"나는 위도도. 너도 바타비아에서 왔어?"

얼굴이 가무잡잡한 아이가 네덜란드어로 말을 걸었다.

"아니. 난 조선."

"조선? 그런 나라도 있어?"

"너는 이름이 뭐야?"

금발에 얼굴이 하얀 아이는 '브루노'라고 대답했다.

"나는 티셰. 너, 어디서 밥을 주는지 아니?"

통통하고 볼이 빨간 아이가 물었다. 구야는 고개를 저었다.

"아, 씻고 싶다. 온몸에서 지린내 나."

위도도는 눈살을 찌푸리며 코를 킁킁거렸다. 티셰는 두리번거리더니 저편을 가리켰다. 한 손에 물통, 다른 손에 빵 바구니를 든 급사가 나타났다. 배가 고프다고 하니, 이건 선장님 음식이라며 가버렸다.

"도저히 못 참아. 가자. 네 이름이……"

"구야."

"구야? 이름 특이하네. 너도 같이 가자."

어디로 가는 거냐고 묻자, 티셰는 싱긋 웃었다.

"음식이 우리에게 오지 않으면, 우리가 음식을 찾아가야지."

아이들은 티셰의 뒤에 따라붙었다.

"일은 죽도록 시키고 굶기는 게 말이 되냐고."

위도도가 구야 곁에서 툴툴거렸다. 티셰는 코를 킁킁거리며 어딘가로 향했다. 하지만 좀처럼 조리실을 찾지 못했다. 위도도가 아이들을 멈춰 세웠다. 주 돛대 뒤에 벽돌로 만들어진 창고가 나타났다.

"저게 조리실이야."

"어떻게 알아?"

"배는 온통 나무지만 불을 쓰는 조리실만은 벽돌로 만들어야지."

위도도가 문을 열고 안쪽을 살폈다. 다른 아이들도 따라붙었다. 조리실은 식기들이 부딪치는 소리와 조리 기구들이 뿜어내는 열기로 가득했다. 조리사는 코르크 마개를 뽑아 술을 솥에 쏟아붓고, 급사는 송풍기로 불길을 돋우었다. 선원과 승객들의 식사를 준비하느라 바빠 누가 들어왔는지 눈치채지 못했다. 티셰는 솥 안에 국자를 밀어 넣었다. 그러나 한입 맛보기도 전에 주방장에게 덜미가 잡혔다.

"선장님이 드실 스튜를, 감히!"

국자를 휘둘러대던 주방장의 눈이 구야와 마주쳤다.

"어디서 쥐새끼들이 기어 들어와서!"

그때 펜이 나타나 주방장을 불렀다. 선장이 왜 이렇게 늦느냐고 호통을 쳤다는 것이다. 주방장은 허둥지둥 솥으로 갔다. 펜은 눈을 찡긋대며 문 쪽으로 턱짓했다. 아이들은 잽싸게 조리실을 빠져나갔다.

문밖에서 기다리고 있던 펜이 아이들을 막아섰다.

"이번엔 봐주지만 다음번엔 단단히 각오해야 할 거야."

펜이 사라지자 아이들은 투덜거리며 갑판으로 갔다. 나무통에 둘러앉아 밥을 기다렸다.

위도도는 브루노를 힐끔거렸다.

"넌 뭍에서 펌프질만 했냐?"

빌지에서 브루노만이 지치지 않고 끝까지 손잡이를 눌러댔다. 그 탓에 다른 아이들도 잠시도 쉴 새 없이 펌프질을 해야만 했다.

브루노는 말없이 바다만 바라봤다. 위도도는 머리를 감싸고 투덜거렸다.

"빌지의 쥐라니, 난 어부의 아들이라고. 그물 손질, 낚시 같은 일이라면 진짜 잘할 수 있는데."

"난 조리실."

티셰는 한숨을 쉬었다.

"넌?"

"나는 그냥……"

구야가 이 배에는 어쩌다 보니 올라탔다고 하자, 티셰는 호들갑을 떨며 황금 히아신스호는 동인도회사 선원들이라면 누구든 타고 싶어 하는 배라고 했다.

"정말 아무 생각 없이 이 배에 올라탔단 말이야?"

사실대로 말하지 못하는 구야는 네덜란드에 가고 싶어서라고
둘러댔다.

"거긴 왜?"

"……그림을 그리려고."

"그림?"

위도도가 킬킬거렸다.

"화가가 되려고 배에 올라탔다고? 황당하네."

"그런데 어떻게 이 배를 탄 거야?"

티셰는 다섯 번 미끄러지고 이제야 겨우 배에 올라탔다고 말
했다. 그전에는 고깃배에서 허드렛일이나 하면서 일을 익혔다는
것이다.

"난, 고래 땜에 배를 탔어."

"고래?"

위도도는 고래 얘기를 할 땐 말수가 많아졌고, 눈이 반짝거렸
다. 어부였던 위도도의 아버지는 동인도회사에서 고래기름을 사
들여 중국과 일본에 팔 거란 소문을 듣고는 갖은 꾀를 짜내 위도
도를 배에 태웠다는 것이다. 위도도는 고래가 바다의 보물섬이라
고 했다.

"용연향, 몰라?"

소화불량이나 변비에 시달리는 고래 배 속에서 용연향이 만들
어진다. 용연향은 향수의 원료이며 같은 무게의 금보다 비싸게
쳐준다. 고래기름과 고래수염도 돈벌이가 되어준다.

"선원 일을 배우고 급료를 모으면 포경선을 살 거야."

위도도는 지금이야 신참 선원이라 월급이 적지만 항해 경험이 늘면 월급도 오를 거라고 말했다. 위도도의 고래 이야기에 티셰는 생선 타령으로 화답했다. 구운 생선, 찐 생선, 삶은 생선 운운하며 입맛을 다셨다.

급사가 통을 들고 나타났다. 차려진 음식은 대접에 담긴 기무죽죽한 고깃덩이와 건빵, 물 한 주전자가 전부였다. 구야는 수저로 고깃덩이를 건져 먹었다. 오래 저장해두려고 절여둔 고기는 소금 덩이였다. 썩지 않게 물기를 바짝 말린 건빵은 돌멩이였다. 다들 떨떠름한 표정인데 브루노만은 멀쩡한 얼굴로 건빵을 부스러뜨려 우물거렸다. 구야도 건빵 조각을 침으로 적셔 삼켰다.

고기는 소금 덩이에, 건빵은 돌덩이에 양도 적다. 선원들의 하루치 식량은 건빵 700그램, 말린 고기 100그램, 1리터의 담수(淡水)뿐이었다. 부스러기까지 주워 먹었는데도 배가 차지 않았다. 주막집 머슴이나 돼지치기로 살 때도 배는 곯지 않았다. 네덜란드까지 가는 6개월 남짓 동안 이런 걸로 배를 채워야 한다니 앞이 캄캄했다.

먹는 것뿐만 아니라 잠자리도 형편없었다. 하급선원들은 사이갑판에서 자야 했다. 해치를 들어 올리고 내려다본 사이갑판은 어두컴컴했다. 널빤지로 현창을 막아 햇빛도 들어오지 않았고, 공기도 탁했다. 천장이 낮고 물건들로 가득해 지나가려면 몸을 옹송그려야 했다. 사이갑판은 원래 대포를 놓아두는 창고였다.

화물선은 어떻게든 물건을 많이 실어야 이득을 보니, 선원 선실이나 사이갑판에도 짐을 쑤셔 넣었다. 선원들은 통 속의 청어처럼 웅크리고 자야만 했다.

그나마 입구와 가까운 자리는 고참 선원들이 차지했다. 구야는 선원 상자를 끌고 점점 안쪽으로 들어갔다. 간신히 자리를 잡고 주저앉자 위도도가 상자를 묶어둬야 한다고 말했다. 풍랑이 일 때 상자가 밀려다니지 않게 기둥이나 대포에 고정시켜야 한다는 것이다. 굵은 밧줄로 매듭을 짓느라 한참 뒤에야 매트리스에 누울 수 있었다.

이번에는 등짝이 근질거려 잠이 오질 않았다. 등을 긁으면 다리가 근질거렸고, 다리를 긁다 보면 손등이 간지러웠다. 구야는 윗옷을 벗어 훌훌 털고 온몸을 긁어댔다. 옆자리에 누운 위도도가 중얼거렸다.

"우리 아빠가 그랬는데, 이랑 벼룩은 선원들 애완동물이래."

구야는 매트리스에 드러누웠다. 몸은 간질거리고, 사방에서 풍겨오는 지린내와 땀 냄새로 머리가 지끈거렸다. 트림과 방귀 소리, 널빤지를 달리는 쥐들의 발자국 소리도 거슬렸다. 뒤척일 때마다 매트리스를 채운 옥수수 껍데기가 바스락거렸다. 몸은 피곤한데 잠이 오지 않았다.

"배가 고파 잠이 안 와."

티셰가 옆에서 투덜거렸다.

"구야, 너 먹을 거 꼬불쳐 놓은 거 있냐?"

티셰는 자리에서 일어났다.

"어딜 가려고?"

위도도도 몸을 일으켰다.

"아까 그 스튜, 조금은 남았겠지?"

티셰는 지금쯤 다들 잠들었을 테니 운이 좋으면 스튜 맛을 볼수 있을 거라고 했다. 둘은 살금살금 사이갑판을 빠져나갔다. 브루노는 깊이 잠들었는지 꼼짝도 하지 않았다. 구야는 주머니에 든 선원 나이프를 만지작거렸다. 칠면조 노인이 새겨준 이름이 도돌도돌 만져졌다. 칠면조 노인과 독토르를 두고 자기만 달아난 셈이었다. 구야는 자기 힘으로 할 수 있는 건 아무것도 없었다고 스스로를 위로하려고 애썼다. 미안해하는 마음이 파도 같았다. 겹쳐졌다 밀려가고 또다시 밀려왔다. 마음에 주름이 졌다. 잠이 밤처럼 모든 걸 덮어주었다.

*

종소리가 배 구석구석으로 울려 퍼졌다.

선원들은 눈을 비비며 갑판으로 나갔다. 온몸이 욱신거리고 머릿속에선 돌멩이들이 굴러다녔다. 끈적거리는 몸에서 시큼한 땀냄새가 났다.

갑판을 서성이던 구야는 뱃전에 서 있는 브루노를 발견했다. 난간에 기대 몸을 아래쪽으로 내민 것이 아슬아슬해 보였다. 예전에 파도에 떠밀려갈 뻔했던 한나가 떠올랐다. 구야는 잽싸게 달려가 브루노의 뒷덜미를 잡아끌었다. 고개를 돌려 구야를 확인한 브루노는 물통을 놓쳤다며 화를 냈다. 난간 너머를 내려다보니 저 아래로 둥둥 뜬 물통이 보였다. 규칙에 따르면, 배의 물건을 잃어버리면 하루 종일 용총줄에 거꾸로 매달려 있어야 한다. 물통은 파도에 떠밀려 점점 멀어졌다.

"어이, 빌지의 쥐들, 뭐하냐?"

펜이 건들거리며 다가왔다. 구야는 놀라 물통을 어디서 받아와야 하느냐고 물었다.

"어제 물통을 다 나눠줬을 텐데."

"제가 그만 실수로……"

펜은 구야를 쥐어박더니 이번만은 봐주겠다며, 삭구실*로 가보라고 일러줬다. 브루노는 고맙다는 말 대신, 말없이 밧줄을 매단 새 물통을 바다로 던졌다. 끌려 올라온 물통에는 차가운 물이 출렁거렸다. 브루노는 옷을 입은 채로 물을 정수리부터 쏟아부었다. 물에 젖은 셔츠가 옆구리에 달라붙고 머리카락은 미역 줄기처럼 뺨에 들러붙었다. 구야도 브루노처럼 옷을 입은 채 물을 뒤집어썼다. 바닷바람에 쓸린 살갗은 수금기가 닿아 쓰라렸지만 한기는 덜했다. 브루노는 제자리에서 뜀뛰기를 시작했다. 뭐하는 거냐고 물었지만 묵묵히 양팔만 휘둘렀다. 힐끔거리던 구야도 덩

---

* 닻줄이나 쇠사슬을 넣어두는 작은 창고.

달아 뛰었고, 뛰다 보니 셔츠의 물기가 마르고 몸도 후끈거렸다. 뜀뛰기로 목욕과 세탁을 한꺼번에 해결한 셈이었다. 브루노는 이런 걸 어떻게 다 알고 있는 걸까.

"너, 배를 처음 타본 거 맞아?"

브루노는 대답 없이 구야에게 등을 내밀었다. 갑판에는 브루노 말고도 벌거벗은 선원들이 여럿이었다. 볕이 잘 드는 날이면 선원들은 옷을 벗고 짝을 지어 물것들을 잡아주곤 했다. 구야는 브루노의 등에 붙어 벼룩과 이를 잡았다. 데지마에서 본 원숭이들 같았다. 원숭이들은 네덜란드 상관의 정원을 드나들었다. 집 안팎을 누비고 부엌을 드나들며 간식거리를 챙겼다. 칠면조 노인은 원숭이를 스케치하면서, 발가벗기면 인간과 원숭이가 다를 게 없다고 말했다. 고작 머리카락 세 가닥 차이란다.

빌지로 돌아가는데, 티셰와 위도도가 구야의 팔을 잡아끌었다. 둘은 뭐가 그렇게 즐거운지 키득거렸다.

"목마르지? 너도 한 모금 마실래?"

어제 받은 물은 초저녁에 다 마셔버려 갈증이 나던 터였다. 구야는 티셰가 내민 단지를 받아 들었다. 조리실 대신 음료 창고를 찾아냈다며 위도도는 신이 났다.

"꼭지를 돌리니까 콸콸 나오는데……"

단지 안에 든 건 물이 아니라 술이었다. 염라댁 주막에서 홀짝댔던 술보다 훨씬 독했다. 입에 든 걸 뱉어내고 구야는 콜록거렸다.

티셰는 술이든 물이든 목만 축이면 되지 않느냐고 비틀거렸다.

"맞아, 맞지이. 그럼, 그럼."

위도도가 혀가 꼬인 목소리로 맞장구쳤다.

"법무관에게 들키면 어쩌려고."

둘은 어깨동무를 하고 노래까지 불러댔다.

"우린 황금 히아신스호의 일등 선원이라네."

"그럼 그럼."

"고래야 기다려라!"

빌지의 쥐들은 밤톨 안의 알밤처럼 붙어살았다. 통통한 티셰는 성미가 느긋하고 무던했다. 하지만 배가 고프면 어쩔 줄을 몰라 했다. 위도도는 재재바르고 고래 이야기를 즐겨 했다. 금발머리 브루노는 말수가 적었고 종잡을 수 없었다. 시키는 일은 뭐든 잘 해냈으니, 나머지 셋은 언제나 브루노에게 한 손 접히고 들어갔다.

\*

빌지의 쥐로 사는 건 만만치 않은 일이었다. 구야는 차라리 데지마에 남아 감옥에 가는 편이 나았겠다는 생각까지 했다. 배는 바다로 둘러싸인 감옥이라 탈출도 불가능했다. 감옥 밖으로 한 발짝이라도 나서면 캄캄한 바다로 곤두박질친다. 육지의 감옥은 적어도 출렁거리지는 않는다. 속은 메슥거리고, 펌프질은 고역이고, 먹을 것은 부실하고, 잠자리도 형편없다. 나가사키에서 네덜란드까지는 수천 킬로미터에 달했고 항해 기간은 줄잡아 6개월 이상이었다. 목적지에 도착하기 전에 죽는 선원이 많았다. 선원 중 4분의 3, 아니 절반만 살아남아도 성공한 항해라고 자축할 지경이었다. 무작정 배에 올라탄 구야는 나중에야 이 사실을 알았다. 알고 난 뒤에는 달아날 길이 없었다.

"나는 동인도회사 선원이 되면 배 터지게 먹을 줄 알았어."

티셰는 코를 훌쩍거렸다. 먹보 티셰는 집안의 애물단지였다. 가난한 농가에는 언제나 식량이 부족했고, 티셰는 늘 배가 고팠다. 씨감자까지 먹어치워 몽둥이질도 당했다. 먹을 입을 하나라도 줄여야 한다는 이유로 티셰는 배에 올라탔다.

"아무짝에도 쓸모없는 내가 동인도회사 선원이 됐다고 아버진 자랑스러워하셨어."

마을 사람들을 불러 잔치까지 벌이고, 부두에서는 꼭 끌어안아주기까지 했다는 것이다. 엄마만 끝까지 눈물을 훔쳤단다. 위도도는 아버지가 그물과 살림살이를 내다팔아 자기를 이 배에 태웠다고 했다.

"동인도회사 선원이 된 게 자랑스럽지만은 않아."

티셰가 까닭을 묻자 위도도가 어깨를 으쓱했다.

"아버지가 그러는데, 동인도회사 선원들은 해적과 다를 바 없대."

'동인도회사 선원이 해적이라고?'

동인도회사 선원인 핌, 그룩스, 하멜 등은 모두 해적이라면 진저리를 쳤다. 아무 노력도 없이 남의 물건을 빼앗는 놈들이라고 치를 떨었다. 그런데 어떻게 동인도회사 선원이 해적이란 말인가.

"장사꾼이지. 장돌뱅이 같은 거라고."

구야는 상관에서 주위들은 이야기를 전해주었다. 동인도회사는 아시아 항로를 개척하자는 뜻을 가진 네덜란드 사람들이 만들었다. 동양과 서양을 오가며 물건을 사고판다. 유럽의 은으로 중국에서 비단이나 차, 도자기 등을 사고, 그걸로 일본에서 구리, 금을 사서 인도로 가져가 직물과 바꾸고 몰루카 제도에서 직물과 향신료를 산다. 나라와 나라를 거칠 때마다 물건값은 곱절씩 오른다. 당나귀가 아니라 배를 타고 다니는 장돌뱅이였다. 위험을 무릅쓰고 신천지를 개척하는 모험가들이다.

구야의 말에 위도도는 콧방귀를 뀌었다.

"장사꾼 맞아, 칼을 든 장사꾼."

동인도회사는 다른 나라에 선전포고를 할 수 있는 권한까지 쥐고 있다는 것이다.

"장사꾼이 무슨 전쟁을 해?"

"전쟁 없이는 무역도 없고, 무역 없이는 전쟁도 없다. 그게 이 사람들 생각이래."

동인도회사는 위도도의 고향인 바타비아를 포함하여 동남아시아 섬들을 돌아다니며 원주민들을 노예로 삼고 향료를 빼앗았다. 식량 공급을 끊겠다는 위협에 반발한 반다 섬 주민 1,500명을 대량 학살하고 노예로 팔아넘겼다. 위도도의 아버지가 어부 일을 그만두게 된 것도, 동인도회사가 커피 농장에서 일하라고 강제로 배를 빼앗아서였다. 동인도회사의 횡포로 위도도네 마을은 폐허로 변했단다.

"그런데 왜 동인도회사 배에 올라탄 거야?"

구야로서는 도무지 이유를 알 수 없었다. 위도도는 동인도회사가 얼마나 강력한 힘을 지녔는지 뼈저리게 느꼈기 때문이라고 했다. 죽지 않으려면 강해져야 한다. 위도도는 식민지 꼬마가 아니라 포경선 선장이 되면 고향 사람들처럼 허망하게 죽지는 않을 거라고 했다.

"아버지가 그랬어. 살고 싶으면 센 편에 붙어야 한다고."

그 말을 할 때 위도도는 딴사람 같았다. 구야와 티셰는 위도도를 뜨악하게 바라보았다. 브루노의 입가에 어린 미소는 아무도 보지 못했다.

*

빌지의 쥐들은 쥐도 잡았다. 쥐 이빨 자국을 발견하면 두꺼운 나무판을 가져다 댔다. 창고의 통들도 살폈다. 목수들은 구멍 난 통을 때우고 새로 통을 만들었다. 통을 갉으면 맛있는 게 나온다는 걸 알게 된 쥐들은 나무라면 막무가내로 갉아댔다. 쥐 때문에 배가 침몰한 적도 많다고 했다. 눈앞의 먹을 것 때문에 자기가

서 있는 동아줄까지 갉아댔다. 쥐는 그 동아줄이 끊어지면 자기도 바다에 빠진다는 걸 모른다.

빌지의 쥐들은 선창 깊숙이 램프를 들고 다니며 쥐를 찾았다. 브루노는 타고난 쥐 사냥꾼이었다. 숨소리도 내지 않고 다가가, 단숨에 몸통에 칼을 꽂았다. 몸통에 칼이 꽂힌 쥐는 벽에서 꿈틀거렸다.

구야가 그렇게까지 잔인하게 죽일 필요가 있느냐고 질겁하자, 브루노는 틈틈이 칼을 써두어야 칼 솜씨가 녹슬지 않는다고 대꾸했다. "우리의 임무는 쥐를 잡는 거야. 쥐를 어떻게 죽여야 한다는 규칙은 없어."

처음에는 허둥지둥 쥐를 쫓던 아이들은 점차 쥐잡기에 익숙해졌다. 티셰는 엉뚱하게 쥐도 먹을 수 있다면 좋겠다고 해서 다른 아이들에게 핀잔을 들었다. 구야가 집을 떠나 헤맬 때 다람쥐는 먹어봤다고 하니, 맛이 어땠느냐고 물다. 굶주림은 보는 걸 족족 음식물로 뒤바꿔놓았다. 위도도는 쥐를 잡을 때마다 상금을 주면, 배 안의 쥐를 몽땅 잡을 거라고 했다.

어떤 일이든 시간이 지나면 익숙해지는 건 신기한 노릇이다. 빌지의 쥐 노릇도 마찬가지였다. 처음에는 손바닥이 빗겨지고 뼈마디가 욱신거렸지만, 차츰 팔뚝도 굵어지고 어깨도 튼실해졌다. 이 배의 운명이 너희들의 두 팔에 달렸다는 말에 책임감마저 느꼈다. 구야는 이를 악물고 펌프질을 해댔다. 펌프질을 하면 생각이 지워져서 좋았다. 칠면조 노인과 독토르를 더 이상 떠올리지 않아도 되었다. 호열자로 죽은 가족에게서도 달아났다. 펌프질로 그 기억들에서 점점 멀어지고 네덜란드로 가는 데 힘을 보탰다.

"마딧줄을 당겨 침로를 좌현으로 돌리고, 우현 돛을 팽팽하게 당겨라!"

펌프질과 쥐잡기에 익숙해질 무렵 폭풍우가 찾아왔다. 빌지에 물이 폭포수처럼 쏟아져 들어왔다. 아래쪽 창고에서 중갑판 쪽으로 차가운 물이 솟구쳐 올랐고, 포문 틈새로 빠져나갔다. 밖으로 퍼내는 것보다 안으로 들어오는 물이 곱절이었다. 바다를 펌프질해 퍼내는 것 같았다. 쉬지 않는 펌프질에 어깨와 팔, 몸통이 따로 놀았다.

"계속해! 거기, 너 얼른 일어나!"

파도는 사방에서 배를 공격해댔다. 들보가 삐걱거렸다.

"너희들이 손을 놓으면 배가 가라앉는다!"

다들 기진맥진해도 펌프질은 계속되었다. 아무리 펌프질을 해도 바닥으로 점점 물이 차올랐다. 차디찬 물이 발목을 휘감았다. 힘이 빠져 더 이상 펌프질을 못하게 되었을 때야 폭풍우는 서서히 가라앉았다. 법무관이 교대를 시켜주자 빌지의 쥐들은 비틀거리며 갑판에 올랐다. 다들 갑판에 드러누워 숨을 헐떡거렸다.

그렇게 여러 번 폭풍우를 겪어내니 펌프질에 점점 능숙해졌다. 배 생활에는 그럭저럭 적응했지만, 털북숭이는 여전히 무서웠다. 선원들은 동굴 같은 빌지에서 꼼짝 않는 털북숭이를 '박쥐'라고 불렀다. 어두운 데 틀어박혀 있는 털북숭이의 얼굴을 똑똑히 본 사람은 거의 없었다. 말도 없이 술만 마셔댔고, 입만 벌리면 욕을 해댔고, 걸핏하면 주먹질을 했다. 구야는 무서워서 그와 눈을 마주친 적도 없었다. 빌지의 쥐들은 그가 눈살만 찌푸려도 겁을 집어먹었다. 빌지의 쥐들뿐만 아니라 황금 히아신스호의 다른 선원들도 털북숭이를 제대로 볼 일이 없었다. 털북숭이는 언제나 컴컴한 빌지에만 머물렀다. 법무관도 털북숭이는 건드리지 않는 마당에 브루노만은 털북숭이를 무서워하지 않는 눈치였다. 먹을 것도 브루노가 가져다줬다. 위도도는 털북숭이가 뭍에서 악명 높았던 범죄자일지도 모른다고 했다. 등 뒤에 버티고 앉은 털북숭이를 떠올리면 잠시도 펌프질을 멈추지 못했다. 빌지의 쥐들이 펌프질을 할 때면 털북숭이는 선원들의 민요 「시 샨티(Sea shanty)」를 흥얼거렸다.

푸른 바다로 배를 띄워라.
어기영차 노를 저어라.
던지는 그물마다 청어가 그득그득
황금의 바다로 나가자.

원래 노래 가사에 털북숭이는 한 구절을 덧붙였다.

"지옥의 아가리로 던져진다."

*

　3개월 뒤 배는 태평양의 심장을 지났다.

　머리 위에서 태양은 이글거리고 배는 열기에 휩싸였다. 밤에도 후텁지근한 선실을 피해 선원들은 갑판에서 잠을 청했다. 내리쬐는 햇볕에 열사병 환자들이 속출했다. 그들은 선의에게 귓속에 들어간 파리를 잡아달라며 머리통을 들이밀었다.

　물에는 벌레가 들끓고 검푸른 수초가 일렁거렸다. 체에 거르고 다른 통에 옮기고 불에 달군 납 탄환을 넣어두어도 소용없었다. 선원들은 걸쭉한 물을 아껴가며 마셔야만 했다. 배급되는 물의 양은 점점 줄었다.

　"바닷물이라도 한 모금 마셨으면……"

　구야의 말에 위도도는 혀를 차댔다. 소금물을 마시면 피가 진해져서, 목이 더 타 들어간다는 것이다. 바다는 사막이었다. 구야는 브루노를 따라 갈증을 달래려고 가죽 조각을 씹거나 단추를 빨았다. 빌지는 그야말로 찜통이었다. 펌프질을 하고 나면 온몸의 물기가 쭉 빠졌다. 웃고 이야기를 나눌 기력도 없었다. 하지만 브루노만은 멀쩡해 보였다. 위도도는 브루노가 조리실의 펜과 자주 어울려 다니기 때문이라고 구시렁댔다. 티셰는 브루노를 부러워하며 빵 부스러기라도 얻어오라고 졸라댔다.

　통통하던 티셰는 삐쩍 말라버렸다. 눈두덩이가 퀭했다. 위도도의 얼굴에는 마른버짐이 폈다. 구야는 이가 들뜨고 잇몸이 시큰거렸다. 원두막에 앉아서 먹던 수박 생각이 간절했다.

선원들이 불평하면 법무관은 규칙을 들먹이며 벌로 다스리려고 했다. 분명히 정당한 요구였는데, 묵살해버렸다. 배에 실린 식량은 한정되어 있으니 모두에게 충분히 나눠줄 수 없단 말만 거듭했다. 아무런 해결책 없이 선원들에게 굶주림과 병을 견뎌내란 것이다. 언제 끝날지도 모르는 고통을 그저 감당하라고만 했다.

위도도는 희망봉까지만 가면 물과 식량을 얻을 수 있다고 중얼거렸다.

"희망봉?"

포르투갈의 선장 바르톨로뮤 디아스는 배 두 척을 끌고 서(西)아프리카 남안으로 떠났고, 우여곡절을 겪으며 아프리카 남동쪽 끝에 다다랐다. 그제야 한숨 돌린 선장은 그곳에 '폭풍의 곶'이란 이름을 붙였다. 거기 이르기까지 겪어야 했던 폭풍들을 떠올리기 위해서였다. 하지만 포르투갈 왕은 그 이름이 선원들의 용기를 북돋는 데 방해가 된다고 반대했다. 폭풍을 목적지로 삼고픈 배는 없을 것이다. 왕은 '희망봉'으로 고쳐 부르라고 명령했다. 희망봉에 도착할 거란 희망만이 그들을 살게 한다. 뭔가 하나씩은 붙들어야 견딜 수 있다.

희망봉.

위도도의 '고래'와 티셰의 '진수성찬,' 구야의 '그림'도 희망의 다른 말이었다. 티셰는 네덜란드에 도착해 갖가지 음식이 차려진 식탁에 앉은 모습을 상상하며 허기를 달랬다. 위도도는 작살이 꽂힌 고래를 항구까지 끌고 가는 꿈을 꾸며 펌프질을 했다. 구야는 카피탄 집무실의 벽에 걸린 화가의 얼굴을 떠올렸다. 네덜란드로 가서 그런 그림을 그려보고 싶었다. 희망은 빌지의 쥐들이 살아갈 밑천이었다.

"저기, 고래. 고래다!"

위도도는 밧줄 사다리로 기어올랐다. 구야와 티세는 뱃전에서 위도도가 가리키는 방향을 보았다. 먼 수평선에서 물기둥이 솟아올랐다. 매끄러운 검은 몸뚱이가 물의 안팎을 뒤척였다.

"저기 보이지!"

꺾쇠 모양의 꼬리가 물 위로 올라왔다. 딸깍딸깍 소리가 들렸다. 물 뿜는 구멍 바로 아래 '원숭이 아가리'란 부드러운 뼈가 내는 소리였다.

위도도는 수평선을 향해 두 팔을 흔들었다. 고래는 물속으로 사라져버렸다. 바다는 햇빛에 일렁였다.

선원들은 햇볕이 바짝 달궈놓은 갑판에 누워 헐떡거렸다. 몇 명은 탈수와 굶주림으로 생명을 잃었다. 상한 음식을 먹은 선원들은 설사와 구토에 시달리다 갑판에 널브러졌다. 선원들은 구루병, 괴혈병, 연주창, 이질과 각종 설사병, 열병에 시달렸다. 어떤 선원은 미쳐서 종일 자기 배꼽에게 말을 걸었다. 자루에 담긴 시신들은 바다에 던져져 고기밥이 되었다. 선원들은 삼삼오오 모여 불만을 애기했다. 선원들의 분노는 거세졌고 법무관이 호령해도

움직이질 않았다. 침묵에 휩싸인, 병자들로 그득한 황금 히아신
스호는 유령선 같았다. 폭풍 전야처럼 고요했다.

*

"불을 모두 꺼라!"

태풍이 몰아쳤다. 등불이 바닥에 떨어지면 불이 번진다. 물과
의 싸움도 버거운데 불과 다툴 여력 따윈 없었다. 사방에서 호각
소리가 들렸다. 바람은 돛대와 밧줄을 뒤흔들었다. 돛은 금방이
라도 찢겨나갈 듯 펄럭거리고 버팀줄에 부딪혀 삐걱거렸다. 갑판
장이 선원들과 급사들을 용총줄로 올려 보내 아래쪽 돛을 말게
했다. 키잡이들은 있는 힘을 다해 항로를 유지하려고 애썼다. 궤
짝들이 갑판 위를 미끄러져 다니다 난간 사이에 박히거나, 바다
로 떨어졌다.

폭풍우는 잦아들 기미가 보이지 않았다. 너울은 깊어지고, 물
마루는 물거품을 흘려보냈다. 파도는 뱃머리를 쳐댔고, 유리창
은 박살이 났다. 솟아오른 파도가 돛을 올리던 선원들을 휩쓸어
갔다,

"하급선원들은 모두 사이갑판으로 가라!"

펜의 명령에 위도도와 티셰는 용총줄 아래로 내려왔다. 구야도
사이갑판으로 향했다. 하지만 넘어오는 파도에 밀려 위도도와 티
셰를 놓쳐버렸다. 배가 출렁거리고 구야는 갑판에서 이리저리 떠

밀려 다녔다. 이대로라면 파도에 휘말리겠다. 구야는 이를 악물고 저편에 보이는 창고로 기어갔다. 세찬 바람에 창고 문이 벌컥 열렸다. 구야는 창고 안으로 겨우 기어 들어갔다. 어두운 창고에서 숨을 헐떡거리는데, 궤짝 사이로 삐죽 튀어나온 손이 보였다. 배가 요동을 칠 때 궤짝이 무너지고 누군가가 깔린 모양이다. 구야는 안간힘을 다해 궤짝을 밀어냈다. 조금만 기다리라고 고함을 치며 발목을 잡아당겼다.

염소수염 법무관이 끌려 나왔다.

가슴에 꽂힌 칼을 보고 구야는 비명을 질렀다. 얼마나 깊이 꽂았는지 손잡이만 남았다. 손잡이를 잡아 빼려고 하니 피가 뭉글뭉글 솟아 나왔다. 법무관에게 원한을 품은 선원이 수두룩했다. 그중 하나가 혼란을 틈타 법무관을 해치운 게 분명하다. 천둥소리가 들리고 번개가 죽은 법무관의 얼굴을 밝혔다. 부릅뜬 눈이 구야를 노려보는 것 같았다.

구야는 허겁지겁 창고를 빠져나갔다. 눈으로 흘러드는 빗물을 닦으며 사이갑판으로 향했다. 해치에 검은 그림자가 어른거렸다. 브루노가 돛천으로 해치를 덮고 있었다. 돛천과 씨름을 하던 브루노는 구야에게 도움을 청했다. 펜이 빗물이 흘러 들어가지 않게 해치에 돛천을 덮으라고 명령했다는 것이다.

"꾸물거릴 틈 없어. 빗물이 흘러 들어가면 사이갑판이 잠기고 배도 가라앉아."

비에 젖은 돛천은 무거웠고 바람에 펄럭거려 잡히질 않았다.

구야와 브루노는 돛천 양편 끄트머리를 궤짝으로 고정시켰다.

구야는 브루노에게 창고에서 법무관의 시체를 보았다고 말했다.

"뭘 잘못 봤겠지."

"아니야, 내가 이 두 눈으로 똑똑히……"

번갯불이 브루노의 얼굴을 밝혔다. 구야는 브루노의 입가에 떠오른 미소를 보았다.

'왜, 웃는 거지?'

돛천 아래서 고함 소리가 들렸다. 사이갑판에서 들려오는 소리였다.

"문 좀 열어!"

"여기서 꺼내줘!"

갑판 아래에서 사람들의 목소리가 들려왔다. 그제야 구야는 해치를 막으면 사이갑판에 있는 아이들이 빠져나오지 못한다는 걸 깨달았다. 저 아래 위도도와 티셰도 있다. 브루노는 일어서려는 구야를 잡아 앉혔다.

"움직이지 마. 네 위칠 지켜."

"꺼내달라잖아!"

"안 돼. 일이 끝날 때까진."

구야는 브루노를 밀치고 일어섰다. 해치가 들썩거렸다. 고함소리와 나무판을 두드리는 소리가 저 아래쪽에서 들려왔다. 브루노는 칼을 빼 들고 구야의 목에 들이댔다. 구야는 놀라 뒤로 물러섰다. 빗물에 미끈거리는 갑판에 주저앉았다.

"법무관 놈은 칼에 찔리는 순간까지 규칙을 읊어대더군."

브루노는 칼날을 세워 구야의 가슴에다 댔다. 심장이 빠르게 뛰었다. 구야는 무릎걸음으로 돛천 위로 올라갔다. 브루노가 구야를 넘어뜨리더니 밧줄로 묶었다. 구야의 몸 밑이 들썩거렸다. 사이갑판에 갇힌 사람들의 몸부림이 전해졌다. 제발 열어달라고 저 아래에서 소리가 들려왔다. 구야의 몸은 사람들의 탈출로를 막는 바윗돌이었다.

"저 아래 티셰랑 위도도도 있다고!"

브루노는 구야의 뺨에 칼날을 문질렀다. 입 안으로 비릿한 핏물이 흘러들었다.

"나쁜 제비를 뽑은 거지. 혹시 알아? 구조선이 나타날지."

브루노는 개의치 않는 눈치였다. 콧노래를 흥얼거렸다. 털북숭이가 즐겨 부르던 「시 샨티」였다.

"지옥의 아가리로 던져진다."

갑판 쪽에서 고함이 들려왔다.

"선상 반란이다!"

키잡이가 헐떡거리며 나타났다.

"이놈이 해치를 막았어요. 사이갑판에 애들이."

구야의 말이 채 끝나기도 전에 브루노는 칼을 곧추세우고 키잡이에게 달려들었다. 가슴을 겨냥했던 칼날이 배꼽 근처로 미끄러져 들어갔다. 배를 움켜쥔 키잡이가 갑판에 무릎을 꿇었다. 브루노는 칼날을 바지에 문지르더니, 몸을 돌려 주갑판으로 향했

다. 사람들의 소리도 점점 잦아들어 갔다. 혼자서는 돛천을 벗겨
낼 수 없었다. 바지춤을 더듬자 독토르가 준 나이프가 만져졌다.

구야는 밧줄을 자르고 허겁지겁 돛천을 벗겼다. 해치를 열자
계단 아래까지 물이 차올랐고 안쪽은 깜깜했다. 계단을 내려갈수
록 몸은 점점 차가운 물속으로 잠겼다. 짐들과 궤짝들이 물 위를
둥둥 떠다녔다. 바닥에 발을 디디자 겨우 목만 물 밖으로 나왔
다. 입을 다물고 두 팔을 휘저으며 앞으로 나아갔다. 허우적거리
며 전진하는데, 물컹한 것이 손에 잡혔다. 물에 빠져 죽은 사람의
어깨였다. 구야는 기겁하고는 시체를 밀쳐냈다. 익사체는 누군가
가 잡아당기는 것처럼 둥실둥실 저편으로 떠갔다. 구야는 물 위
에 떠다니는 물건들을 팔뚝으로 밀치며 위도도와 티셰를 불렀다.

어디선가 신음 소리가 들렸다. 구야는 움직임을 멈추고 귀를
기울였다. 저편 기둥에서 누군가가 움직였다. 구야는 물살을 헤
치며 그쪽으로 나갔다. 궤짝들이 둥싯거리는 뒤로 위도도가 고개
를 들었다. 구야는 위도도 앞에 밀려든 궤짝들을 밀어냈다.

"왜 기둥에 묶여 있는 거야?"

"티셰가 떠밀려가지 말라고, 여기다 묶어놓고는……"

위도도의 입가에서 거품 섞인 피가 흘러내렸다. 기둥에 묶여
있어 물에 쓸려가진 않았지만, 밀려오는 궤짝에 늑골이 부러진
것 같다고 했다.

"티셰를 찾아야 해."

구야는 떠밀려오는 잡동사니를 헤치며 어둠을 밀고 나갔다. 티

144

셰는 궤짝과 대포 사이에 끼어 있었다. 구야는 티셰를 궤짝에 올렸다. 차가워진 손발을 주물러도 티셰는 정신을 차리지 못했다. 뒤따라온 위도도가 티셰의 얼굴에 묻은 진흙을 닦아내고 코밑에 귀를 들이댔다.

"선의를 불러올게."

구야가 뒤돌아서려는데, 상갑판 쪽에서 환호성이 들렸다. 뒤이은 총성에 구야는 몸을 움츠렸다.

"이거, 총소리 맞지?"

위도도가 구야에게 저 위에서 무슨 일이 벌어졌느냐고 물었다.

"넌, 저 위에 있었잖아……"

"나도 몰라. 하지만……"

궤짝에 누워 있던 티셰가 꿈틀거렸다. 티셰는 동그랗게 눈을 뜨고 한 팔을 위로 뻗었다. 손가락을 별 모양으로 쫙 펼쳤다.

"구야, 티셰를 데려가야 해."

위도도는 티셰를 안아 들었다. 티셰는 눈을 감은 채 입을 오물거렸다. 뭔가 맛있는 걸 먹는 표정이었다. 쫙 펼쳐졌던 티셰의 손가락이 꽃봉오리처럼 오므라들었다. 궤짝 아래로 툭 떨어졌다. 위도도가 티셰의 가슴팍에 얼굴을 파묻었다. 티셰의 눈이 구야를 빤히 바라보는 것 같았다. 구야는 티셰를 안고 목 놓아 울었다.

펜이 등불을 들고 나타났다. 셔츠는 찢겨 있었고 옆구리는 피로 얼룩졌다.

"살아남은 놈들은 위로 올라가라."

추레한 몰골과 달리 목소리는 기운찼다. 그는 반란자들이 황금 히아신스호를 손에 넣었다고 했다.

"너흰 어쩔 셈이냐? 우리 편이 돼야 목숨을 건진다."

"당신들이 티셰를 죽였어!"

구야가 달려들자 펜은 칼을 뽑아들었다.

"너도 같이 죽고 싶으면 맘대로 해라."

위도도가 구야를 막아섰다.

"갈게요. 갈 테니까 살려만 주세요."

구야는 티셰를 안고 나가는 위도도의 뒷모습을 보았다.

폭풍우가 가라앉았는지, 배는 더 이상 출렁거리지 않았다. 죽은 사람들이 둥싯거리는 배 밑에 구야만 혼자 남아 있었다. 살갗에 차가운 물이 닿았다. 무서웠다. 그저 살고만 싶었다.

구야는 허우적거리며 계단으로 향했다.

상갑판에 오르자 비가 갠 하늘엔 별들이 총총했다. 저편으로 얼쑹덜쑹 사람들이 보였다. 환호성과 함께 머리 위로 장검들이 춤을 췄다. 총성이 들렸다.

궤짝 위에 한 남자가 올라서자 사방이 잠잠해졌다.

"이 배를 이제부터 여왕의 복수자호라고 부르도록 하자."

횃불이 궤짝에 올라선 남자의 얼굴을 비췄다. 빌지의 털북숭이였다. 해적들은 그를 '레드 비어드'라고 불렀다.

제4장

여왕의 복수자호, 해골 화가

"차라리 해적이 되겠어!"

바닷가의 가난한 아이들은 해적이 되길 꿈꿨다. 뭍에서 발버둥을 쳐도 굶주리던 사람들은 차라리 해적이 되길 바랐다. 선주에게 피를 빨리는 선원이나, 무능한 지휘관에게 목숨을 내맡겨야 하는 해군과 달리 해적은 자신이 일한 만큼 가져간다. 바다 도처에 재물이 깔려 있으니 노력한 만큼 돈을 벌 수 있다. 젊었을 때 한몫 잡고, 늙어서는 해먹에서 석양이나 감상하자.

빌지의 쥐들을 감독하던 펜은 원래 암스테르담 뒷골목의 여관 '날랜 여우' 주인의 외동아들이었다. 아버지에게 얻어맞고 가출을 했다가 영혼 장사꾼의 꼬임에 넘어갔다. 인신매매를 하는 영혼 장사꾼은 젊은이들을 잡아다 창고에 가둬두고, 수수료를 받고 팔아넘겼다. 술집에서 고주망태인 선원들을 잡아갔고, 거리를 떠도는 부랑자들과 멋모르는 풋내기들을 구슬려 배에 태웠다. 첫번째 항해는 실로 끔찍했다. 폭풍과 질병으로 선원들은 나가떨어지고, 정박한 섬에서 원주민과 사투를 벌였다. 천신만고 끝에 암스테르담으로 돌아왔는데, 향신료 가격이 폭락해 임금마저 떼였다. 지긋지긋한 항해를 마치면 다신 뭍에서 떠나지 않기로 마음먹었다고 했다. 아버지의 말을 고분고분 들으며 여관을 물려받으려고 했지만, 날이 갈수록 바다가 그리웠다. 사면이 벽인 방이 아니라 사방이 탁 트인 바다로 나가고 싶었다.

펜은 여인숙에 머물던 레드 비어드와 만났다. 레드 비어드는 자유롭고 낭만적인 선원 생활에 대해 늘어놓았다. 레드 비어드는 천국 같은 배의 모습을 그려 보였다. 어디든 자유롭게 가고, 뭐든 가능하고, 마음껏 먹고 마실 수 있다며 펜을 꼬여냈다. 우선 배부터 구하자고 했단다. 펜의 도움으로 레드 비어드는 '날랜 여우'에 숨어 동료들을 끌어들였다. 그들의 목적은 상선을 빼앗아 해적선으로 삼는 것이었다.

털북숭이는 빌지에서 이 모든 음모를 기획하고 실행에 옮겼다. 브루노는 그의 명령을 다른 선원들에게 전달하는 일을 맡았다. 선원 중 몇몇은 승선할 때부터 황금 히아신스호를 노리고 있었던 것이다. 배에 실린 화물과 승객들을 손에 넣기 위해 치밀한 계획을 짜고 엄격한 규율에 진저리를 치고 굶주림과 갈증에 시달리던 선원들을 끌어들였다.

승객들은 인질로 잡혔다. 부자나 귀족들은 지니고 있던 금이

나 옥을 삼켰다. 몸값을 지불하지 않으려고 하인과 옷을 바꿔 입기도 했다. 그러나 해적들은 구토제를 먹여 금이나 보석을 토해내게 했고, 옷차림과 상관없이 손을 보고 귀족을 골라냈다. 험한 일을 한 적 없는 귀족들의 손은 반들반들했다. 아무리 변장을 해도 손은 말없이 손 임자의 정체를 말해주었다.

펜은 종이를 내밀며 구야와 위도도에게 손도장을 찍으라고 했다.

## 바다의 수칙

**제1조** 상관의 명령에 무조건 따른다.

**제2조** 달아나려고 하거나 비밀을 은폐하면 총살 혹은 화약 한 봉지, 물 한 병, 총 한 자루와 함께 섬에 버려진다.

**제3조** 다른 선원의 물건을 훔치면 앞 조항과 동일한 형벌.

**제4조** 다른 선원을 공격하면 모세의 율법에 따라 벌거벗긴 등을 서른아홉 번 채찍질한다.

**제5조** 함부로 총질을 하거나, 파이프 덮개를 벗기고 담배를 피우거나 촛불에 등갓을 씌우지 않으면 앞 조항과 동일한 형벌.

**제6조** 무기를 손질해두지 않거나 지시를 거부하면 노획물을 받지 못한다.

**제7조** 전투에서 한쪽 팔을 잃은 사람은 금화 40개를 받는다. 한쪽 다리는 금화 80개로 쳐준다.

수칙은 조목조목 끔찍했다. 펜은 해적선이 선원들의 천국이라고 했다. 그런데 천국에 이런 규칙이 가당키나 한가. 구야는 해적으로 성공하고 싶다거나 한밑천 잡고 싶단 생각 같은 건 없었다. 상선을 습격하거나 공물을 실은 배를 공격하는 일에 끼어들고 싶지 않았다. 게다가 이들은 무고한 사람들을 해쳤다.

"해적이 되지 않겠다고? 그럼 바다에 던지는 수밖에."

포로에게 화상을 입은 뒤로, 펜은 성격이 더욱 거칠어졌다. 말을 할 때마다 뺨의 얼룩이 꿈틀거렸다. 펜의 협박에 위도도가 먼저 손도장을 찍었다. 위도도는 망설이는 구야의 손을 잡아끌었다.

"어떻게든 살아남아야 되잖아, 구야."


* 


구야는 아픈 위도도의 몫까지 해적선의 허드렛일을 도맡았다. 갑판의 닭장을 돌보거나 갑판에 쌓인 갈매기 똥을 긁어내고 돛과 슈라우드*를 닦았다. 며칠에 한 번씩 갑판에 초칠을 했다. 해가 저물면 노곤한 몸을 끌고 선실로 내려갔다. 몸이 회복되지 않은 위도도는 언제 바다에 던져질지 모른다며 불안해했다.

"쓸모도 없는 날 언제까지 내버려두셨어."

구야는 조리실에서 훔쳐온 음식을 건네주며 몸이 곧 나을 거

---

* 돛을 꼿꼿하게 서게 하는 강철 밧줄.

라고 달렸지만 위도도는 구석에 처박혀 아무 말도 하지 않았다. 나중에는 구야에게 말도 걸지 않았다.

구야는 쥐처럼 배의 그늘진 곳만 찾아다녔다. 혹여 브루노나 펜과 마주칠까 봐 인기척만 들리면 몸을 사리곤 했다. 하지만 배는 좁았고 숨바꼭질은 오래가지 못했다. 삭구실을 지나던 구야는 브루노와 맞닥뜨렸다.

"안 그래도 몸이 근질근질했는데, 잘됐다."

구야는 어떻게든 여기서 빠져나가고 싶었다. 브루노는 허리춤에서 단도를 빼 들고 한판 뜨자고 했다. 구야는 칼싸움 따윈 하고 싶지 않았다. 브루노는 히죽거리더니 너도 풀어야 할 원한이 있지 않느냐고 물었다.

"그 뚱보는 물에 던지자마자 가라앉던데, 군소리 없이."

구야는 주먹을 쥐고 브루노에게 달려들었다.

브루노 곁에 있던 짝눈이 구야에게 칼을 던져주었다. 구야가 칼을 집어 들자마자 브루노는 잼처 칼을 곧추세우고 구야에게 돌진했다. 구야는 몸을 수그리면서 칼을 휘둘렀지만 브루노의 칼이 잽싸게 구야의 칼을 걸어 올려 공중으로 날렸다. 눈 밑이 살짝 찢어졌고, 뺨 위로 피가 흘렀다. 짝눈이 구야의 발을 걸어 넘어뜨렸다.

브루노는 쓰러진 구야의 배를 발로 밟고는 오른손을 치켜들었다. 칼날이 빛에 반짝거렸다. 구야는 눈을 질끈 감았다. 브루노는 칼을 들어 구야의 머리채를 숭덩 잘라냈다. 종종 땋은 머리가 뭉텅이째 떨어져 나갔다. 구야는 잘린 머리채를 내려다보았다. 부모님이 주신 머리카락을 자르는 건 불효였다. 집어 든 머리칼 뭉치는 호랑이 꼬리 같았다. 머리채를 주워든 구야를 보고 브루노가 낄낄거렸다.

"왜 머리털이 아까우냐? 계집애 같은 새끼."

구야가 덤벼들자 브루노는 칼을 다시 쥐었다. 짝눈이 끼어들었다. 수칙대로라면 갑판에서 싸운 해적은 서른아홉 번 채찍질을 당한다며 브루노를 말렸다.

"이번엔 넘어가지만, 다음엔 나쁜 제빌 뽑을 거야."

브루노는 갑판에 침을 뱉고 돌아섰다.

언젠가 술에 취한 털북숭이는 아이들을 앉혀놓고 섬뜩한 이야기를 들려주었다.

한 영국 소년이 카리브 해의 섬에서 출항한 배에 올라탔다고 한다. 배는 대서양을 지나다 폭풍우를 만났고, 선원 중 일곱 명만 구명선에 올라탔다. 보름 뒤 식량과 식수가 떨어졌다. 열일곱째 날 누군가가 제비를 뽑아서 죽을 사람을 결정하자고 했다. 살과 피가 있으면 며칠 더 버틸 수 있다. 함께 굶어죽느니 그편이 낫지 않겠느냐는 거였다. 이야기를 듣던 구야가 어떻게 그럴 수 있느냐고 중얼거리자, 브루노는 어깨를 으쓱하더니 제비를 뽑아 희생자를 결정하는 건 뱃사람들의 관습이라고 했다.

"다 함께 죽는 게 낫지."

"아니야, 한 사람이라도 살아야지."

구명선의 선원들은 옷을 찢어 제비를 만들었다. 제비를 뽑자고 제안한 당사자가 당첨됐다. 그는 농담이었다며 판을 뒤엎었다. 이틀을 더 굶주림에 시달리자 제비를 뽑자는 말이 다시 나왔다. 일사병에 시달려 꼼짝도 못하던 선원의 손에 당첨 제비가 쥐어졌다. 굶주린 선원들은 불운한 동료의 시체를 나누어 먹었다.

"세번째 당첨자가 그 영국 꼬마 놈이었지."

소년은 마음의 준비를 할 시간을 달라고 울먹였다. 다른 선원들은 이튿날 아침 11시까지 집행을 연기해주었다. 죽음을 앞둔 소년은 잠을 자지 못했다. 동료들의 손에 죽느니 차라리 물에 뛰어들까도 생각했다. 그날 밤 자정쯤부터 두려움이 그의 정신을 갉아먹었다. 쥐처럼. 상상 속에서 소년은 자신의 죽음을 치러냈다. 시커먼 구름을 가리키며 천사라 하고, 나른 선원들을 보고 악마라고 고함을 질렀다. 다른 선원들은 미쳐 날뛰는 소년을 배에 묶었다. 약속한 11시가 점점 가까워져 왔다.

그때 수평선에서 구조선이 나타났다.

"와! 행운이네, 행운."

위도도가 탄성을 지르자 곁에 있던 브루노는 까닭 없이 중얼거렸다.

"행운? 행운이라고?"

"살아남았잖아. 그럼 된 거지."

"암만 배가 고파도 난 사람은 못 먹을 것 같아. 소름 끼치게."

"죽는 거보다야 낫겠지."

브루노가 중얼거렸다.

구야는 털북숭이가 자기 이야기를 하고 있다고 생각했다. 친구 얘기라고 했지만 기실 자기 얘기인 거다. 그런 경험을 했다면 털북숭이가 사람들을 꺼리는 것도 당연하다. 그런데 사람 고기를 먹은 사람이 어떻게 사람과 살 수 있을까. 자기 자신도 싫을 것이다.

반란 사건 후 구야는 그 이야기 속의 주인공이 브루노라는 것을 알게 되었다. 제비를 뽑았던 영국 소년 브루노는 선원들과 바다를 증오했으며, 인간을 믿지 못하게 되었다.

구야는 갑판에서 머리카락을 잘린 뒤 브루노를 피해 다녔다. 머리 타래가 잘린 자리에 염소 꼬리가 붙었다. 누구와도 부딪치고 싶지 않았다. 사람들은 모두 가면을 쓰고 있는 것 같았다. 데지마에서 타다야마도 그랬고, 황금 히아신스호에서 털북숭이와 펜, 브루노도 마찬가지였다. 사람들의 진심을 알 수 없었다. 다들 진짜 얼굴을 숨기고 있는 것 같았다. 어떻게 해야 사람들의 맨얼굴을 볼 수 있을까? 구야는 거북이 등껍질 속에 틀어박히듯 사람들을 피했다. 사람들과 만나는 게 겁났다. 그러나 거북은 구야를 사람들 앞으로 끌어냈다.

*

갑판에 거북이 잡혀 올라왔다. 거북을 잡으면 해적들은 잔치

준비를 시작했다. 거북은 뱃사람에게 영양 만점의 식량이었다. 피는 마시고 살코기는 날로 먹고, 내장과 거북 알은 술안주로 삼았고, 껍데기는 그릇이 되었다.

펜은 구야를 갑판으로 끌어냈다.

"구야, 네가 거북을 좀 잡아라."

사로잡힌 거북은 앞발로 허공을 헤집고 뒷발로 허공을 밀어냈다. 펜은 거북 등에 걸터앉더니 구야에게 칼을 건네주었다.

"뭘 꾸물거려. 얼른 목을 따."

데지마에 있을 때 수많은 가축을 잡았던 구야에게 그리 어려운 일은 아니었다. 하지만 버둥거리던 거북이 목을 빼고 눈꺼풀을 껌뻑거리며 구야를 바라보았다. 거북의 눈은 티셰의 눈과 닮았다. 어쩌다 이런 일이 생겼는지 어리둥절하다는 눈빛이었다. 거북이 앞뒤 발을 마구 허우적거리자 꼬리에 붙어 있던 게가 구야의 뺨으로 날아왔다. 해적들은 박장대소했다. 펜은 거북의 머리를 아래에 놓아둔 접시로 늘어뜨리고 구야에게 칼을 건넸다.

"뭐해, 얼른!"

구야가 다가서자 거북은 껍데기 안으로 들어가버렸다. 눈과 주둥이만 빼꼼히 보였다. 구야의 칼은 거북의 껍데기만 찔러댔다.

"껍데기가 아니라 목, 목을 따라고!"

"단숨에 목줄을 끊으라고!"

구야가 망설이는 사이에 거북이 주둥이로 발목을 물고 늘어졌다. 발목이 끊어질 것 같은 고통에 구야는 비명을 질렀다.

누군가가 노로 거북의 머리를 내리쳤다. 위도도였다. 얼음장 깨지는 소리가 났다. 위도도는 거북을 노로 미친 듯이 내리쳤다. 거북은 입을 뻐끔거리며 죽어갔다. 구경하던 해적들의 환호성도 멈췄다.

펜에게 칼을 건네받은 위도도는 거북의 목을 쑤셨다. 핏줄기가 솟아올랐다. 펜은 거북의 목 아래 접시를 바짝 갖다 댔다. 접시 가장자리까지 피가 차올랐다. 해적들은 접시를 돌리며 피를 맛봤다. 위도도는 망설임 없이 손도끼로 거북의 가슴받이 껍데기를 뜯어냈다. 다리를 찢자 어깻죽지에서 큼지막한 살덩이가 뜯겨 나왔다. 거북은 눈을 끔뻑이며 꿈틀거렸다. 토막 내고 살을 발라내도 거북의 심장은 몇 시간 동안 펄떡거린다고 했다.

펜은 거북의 배에서 알을 끄집어냈다. 질긴 막으로 덮인 알 속에서 뭔가 고물거렸다. 일주일이나 열흘 뒤에 태어날 새끼 거북들이었다. 모래밭을 넘어, 바다로 가는 수십 마리의 아기 거북들이 해적들의 입속에서 터져버렸다. 구야는 토악질을 해댔다.

"넌 해적이 되긴 글러먹었다."

펜은 거북도 못 죽이면 사람도 손봐줄 수 없다고 말했다. 사람을 죽이지 못하면 사람에게 죽는다. 제 몫을 다하지 못하면 다른 해적들까지 위험에 처한다. 펜은 칼에 묻은 피를 구야의 어깨에 문질러 닦았다. 잘린 거북의 머리가 갑판으로 미끄러져갔다.

위도도는 거북을 잡은 뒤로 해적들에게 인정을 받았다. 펜의 뒤를 쫓아다니며 잔심부름을 마다하지 않았다. 어느 날 구야 곁에 앉아 위도도는 맞은편 벽을 향해 중얼거렸다.

"살아야 해. 해적이 되어도 상관없어. 그래야 고래도 잡을 수 있고, 고향으로도 갈 수 있어."

위도도가 해적의 편에 붙고 나서 구야는 외톨이가 되었다. 거북 사건 뒤로 해적들은 심심풀이로 구야를 괴롭혔다. 해적들은 상선을 습격하지 않을 때는 술을 마시고 흥청망청 놀아댔다. 브랜디, 셰리주, 포도주 등 가리지 않았다. 럼주, 물, 설탕, 강낭콩을 조합해 만든 '폭탄'을 마셔댔다. 과거 굶주림에 시달리던 해적들은 먹고 마시는 데 목숨을 걸었다. 술에 취해서 비틀대다가 수가 틀리면 멱살을 잡아댔다. 심심하면 칼부림을 했다.

술에 취한 해적들은 '땀나는 게임'을 했다. 게임의 룰은 다음과 같다. 갑판에서 둥글게 촛불을 켜놓고 죄수에게 쉬지 않고 원을 따라 뛰게 한다. 그사이 해적들은 몽둥이로 죄수가 지쳐 쓰러질 때까지 엉덩이를 찔러댄다. 구야는 이 게임의 단골손님이었다. 해적들은 구야를 갑판에 그려둔 원 안에 세우고는 춤을 추라고 했다.

구야는 해적들의 몽둥이와 칼을 피해 다녔다. 가까스로 몽둥이를 피해도 칼날이 기다리고 있었다. 베이지는 않고, 살갗을 스치고 지나갔다. 소금기가 배어든 상처는 쓰라렸다. 구야의 팔과 다리는 상처 자국으로 얼룩덜룩했다.

구야는 쥐새끼처럼 구석으로 숨어들었다. 사람이 무서웠다. 차라리 데지마에서 돼지랑 양과 지내던 시절이 그리웠다. 흙냄새를 맡은 지 참으로 오래되었다. 봄이면 동생들과 쫓던 나비 생각이 났다. 오동이와 날리던 연도 머릿속에서 둥싯거렸다. 그리운 얼굴들은 모두 사라졌다. 구야의 곁에는 두렵고 낯선 얼굴들만 남았다.

*

구야는 뱃전에 서서 바다를 내려다보았다. 일렁이는 파도가 구야에게 손짓했다. 저 아래에서 누군가가 구야를 불렀다. 바닷속 풍경은 어떨까. 잠깐만 숨을 참으면 바다 밑바닥도 아랫목 같을 거다. 물은 온몸을 쓰다듬어주고, 소리 없는 자장가로 구야를 재워줄 것이다. 별 좋은 날 어머니는 대청마루에 누운 구야에게 자장가를 불러주곤 했다.

"어떻게든 살아야 한다, 구야."

어머니의 마지막 말이 구야의 머릿속을 맴돌았다. 구야는 스스로가 원망스러웠다. 힘없는 자기가 한심하기만 했다. 하지만 마음을 감추고, 누군가를 해쳐서까지 힘을 얻고 싶지는 않았다.

바닷바람이 세찼다. 구야는 허공에 서 있는 것 같았다.

구야는 난간에서 물러서 갑판에 쌓인 궤짝 틈바구니로 들어갔다. 몸을 누이고 하늘을 올려다봤다. 구름들은 저 위로 한가롭게 떠다녔다. 구름처럼 살고 싶다던 칠면조 노인이 떠올랐다. 언젠가 구야는 칠면조 노인에게 앞으로 어떻게 살아야 할지 막막하다고 푸념했다.

"앞을 보지 못하는 사람이 통나무 다리를 건너려면 어떻게 해야 할까?"

"누구 손이라도 잡고."

"아무도 없다면?"

"꼭, 가야 하는 건가요?"

칠면조 노인은 손을 잡아 구야의 가슴에 대주었다. "눈을 감고 마음의 소리를 따라가거라. 마음을 벗 삼으면 어디든 갈 수 있다."

구야는 궤짝 사이에서 몸을 일으켰다. 배가 뭍에 머물려면 닻을 내려야 한다. 구야에게도 살아가게 할 '희망'이 절실했다. 아무거라도 붙잡고 싶었다. 그림을 그리고 싶었다. 빌지에 처음 들어가던 날 보았던 스케치북이 떠올랐다. 그림을 그릴 종이와 펜을 찾아 구야는 텅 빈 선실을 기웃거렸다. 객실에는 허섭스레기만 뒹굴었다. 손잡이가 떨어진 가방과 헝겊 인형이 보였다. 종이 뭉치와 펜은 보이지 않았다. 구야는 선실을 나와 갑판 구석구석을 돌아다녔다. 이틀째 되던 날 삭구실의 궤짝에 누군가 쟁여둔 종이 뭉치와 펜을 발견했다. 반지르르하게 윤기가 도는 고급 종이와 깃털이 달린 펜을 보고 구야는 가슴이 뛰었다. 몰래 들고 나와 후미진 곳을 찾아 들어갔다.

펜을 쥐었지만 뭘 그려야 할지 막막했다. 종이에 되는 대로 선을 그어댔다. 검은 선들이 종이를 어지럽혔다. 백지는 점점 까매

졌다. 날벌레떼가 오글거린다. 머릿속이 뒤죽박죽이니 끌려 나오
는 선들도 엉켜버렸다. 둥근 먼지 덩이 같다. 구야는 종이를 뭉
쳐 구석으로 던지고, 새로 종이를 펼친 다음 동그라미 옆에 세모
꼴을 그렸다. 사방이 각진 네모도 그렸다. 할아버지 무릎에서 놀
다가 붓을 처음 쥐었던 어린 시절로 돌아갔다. 붓으로 걸음마를
시작했다.

어느 봄날 할아버지는 구야의 그림을 보고 물었다.

"이건 닭을 그린 게냐?"

"아뇨."

"그럼 병아리?"

"날개가 없잖아요."

"음……"

"구름이요, 구름."

할아버지는 다시 그림을 들여다보았다.

"그래서 이렇게 가벼워 보였구나."

구름을 그릴 때 구야는 사뿐히 하늘에 뜬 솜뭉치를 떠올렸더
랬다. 할아버지는 구야가 무얼 그렸는지 맞추진 못했어도, 마음
만큼은 알아주었다. 구야가 덥석 안기자 할아버지는 구야의 등을
쓸어내려 주었다.

그리운 얼굴들부터 그리고 싶었다. 떠오르는 얼굴들은 모두 희
미했다. 하나의 얼굴엔 초록 눈동자만 남았다. 해적선은 시커멓
고 퀴퀴했다. 보는 것마다 음침하고 끔찍했다. 곱고 화사한 것이

그리웠다.

아버지가 그렸던 꽃과 나비를 떠올렸다. 바다엔 꽃도 나비도 없다. 구야는 종이에다 꽃과 나비를 그리기 시작했다. 꽃밭을 다 그리면 호랑이도 그려보고 싶었다.

"이 쥐새끼 같은 놈!"

목을 움츠렸던 구야는 앞에 버티고 선 꺽다리를 올려다보았다. 소매 끝에서 갈고리가 반짝거렸다.

"남의 종이를 훔쳐다 낙서를 해!"

그는 종이를 들여다보더니 혀를 쯧쯧 차댔다.

"해적 놈이 꽃 그림이라니."

머리 한가운데가 둥그렇게 벗겨진 땅딸보가 삭구실 안으로 들어왔다.

"종이를 물어간 쥐새끼가 이놈이야?"

갈고리는 땅딸보에게 종이를 건네주었다.

"야, 네 그림보다 낫다. 이 나방, 실감 나네."

구야가 그린 건 나비였다. 꽃을 쫓는 나비와 불에 달려드는 나방은 엄연히 다르다. 나비에게는 꽃향기가 나지만, 나방은 탄 내만 풍긴다. 구야가 나비라고 하자 땅딸보는 악상이 떠올랐다며 궤짝에 다리 하나를 올리더니 바이올린을 켜기 시작했다. 목 졸린 쥐가 우는 것 같았다. 갈고리는 귀를 막으며 그만하라고 외쳤다.

"이 도적놈을 선장에게 데려가자."

"뭘 그리 곽곽하게 굴어. 같은 예술가끼리."

땅딸보가 갈고리를 말렸다.

"예술가? 이 쥐새끼가?"

"그림을 그리잖아. 솜씨도 제법인데."

땅딸보는 차라리 데려다가 조수로 삼으라고 말했다.

"팔을 잃고 나서 조수를 구해야겠다고 푸념하지 않았나."

"이런 애송인 짐만 돼."

시원찮으면 다시 떼어내면 되지 않느냐고 땅딸보가 말했다.

"한번 시험해봐."

갈고리는 불탄 해적 기를 후딱 그려야 했다. 하지만 한 손으로
는 속도가 붙질 않는다는 것이다. 땅딸보는 구야를 잃어버린 오
른팔로 삼으라고 했다. 갈고리는 구야의 목덜미를 잡아 일으켜
세웠다.

"잔말 말고 날 따라와라."

갑판 구석에 있는 선실은 비좁았지만 창으로 들어오는 햇볕만
큼은 넉넉했다.

갈고리는 검은 천을 내밀더니 졸리 로저(Jolly Roger) 기를 그
려보라고 했다. 대충 흉내라도 낸다면 종이를 빼돌린 건 눈감아
주겠다고 했다. 구야가 졸리 로저 기가 뭐냐고 묻자 갈고리는 갈
고리로 관자놀이를 긁적였다.

"해적이란 놈이 졸리 로저도 몰라."

"니 머리 위에서 매일 펄럭이잖아."

구야는 해골과 엇갈린 뼈다귀가 그려진 검은 깃발을 떠올렸다. 까막눈인 해적 선장들은 죽은 선원들 이름을 쓰는 대신 해골을 그려 넣었는데, 졸리 로저 기는 거기서 유래한 해적 전용 깃발이었다.

"해골이랑 뼈다귀가 기본. 모래시계는 그려도 되고 없으면 말고."

구야가 한 번도 해골을 보지 못했다니까, 갈고리는 팔자 좋은 놈이라고 혀를 차댔다. 그는 선실 구석에 놓인 궤짝 뚜껑을 열어젖혔다. 비단옷과 가발을 바닥에 던지더니, 뭔가를 끄집어내 던졌다. 구야는 공처럼 받아 안았다. 가볍고 딱딱했으며 흙냄새가 물씬 났다. 누렇게 빛이 바랜 해골이었다.

"그걸 그려라."

"이걸…… 그리라고요?"

"선상 수칙에 따르면, 도둑질은 무인도 행이다."

땅딸보는 바이올린 활로 구야의 어깨를 두드렸다.

갈고리는 제대로 그리지 못하면 널 대신 걸어둘 거라고 을러댔다. 문이 닫히고 선실에는 구야와 해골만 남았다.

구야는 멀리서 해골을 살폈다. 해골도 텅 빈 눈구멍으로 구야를 빤히 바라보았다. 이를 잔뜩 드러낸 모습이 웃는 것 같기도 했다. 귀를 대면, 마지막 순간에 내지른 비명 소리를 들을 수 있을 것만 같았다.

누구의 해골일까? 해적에게 목이 베인 인질? 반란을 일으킨 해적? 지금 이 순간 이 해골이 원래 누구였는지는 중요하지 않다. 구야는 독토르의 진료소에서 본 해부도를 떠올렸다. 해부도의 남자는 이름이 없는, 그냥 사람이었다. 해골도 마찬가지였다. 꽃병이나 돌멩이처럼 그저 종이에 똑같이 옮겨놓으면 된다. 하지만 해골은 '무엇'이 아니라 한때는 '누군가'였다. 구야는 해골에게 잃어버린 얼굴을 되돌려주고 싶었다. 하지만 어떻게?

칠면조 노인은 구야의 초상화를 그릴 때 자로 재고 머리뼈를 손으로 꾹꾹 눌러 만졌다. 골상부터 잡아놓고 살을 붙였다. 구야는 눈을 꼭 감고 해골을 만졌다. 표면은 매끄럽고 단단했다. 이마가 불룩하고 광대뼈가 도드라졌다. 해골과 얼굴은 가죽 한 겹 차이였다. 구야는 한 남자의 얼굴을 떠올리며 그림을 그리기 시작했다. 현창으로 들어오던 햇빛이 사라질 때쯤 갈고리와 땅딸보가 돌아왔다.

"이게 뭐야! 누가 사람 얼굴을 그리래!"

"히야, 이거 키잡이 샘이랑 닮았는데."

땅딸보는 감탄했지만, 갈고리는 혀를 차댔다.

"얼굴이 아니라, 해골. 얼른!"

구야는 갈고리에 떠밀려 다시 종이를 잡았다.

"진짜 해골 같은데. 너보다 낫다."

갈고리는 그게 문제라고 했다.

"쓸데없는 짓을 했구나, 꼬마야."

갈고리가 구야의 이마를 툭툭 건드렸다.

"통밥을 굴려봐. 해적들에게 왜 졸리 로저가 필요하겠냐?"

"……"

"너, 해골이 예쁘든? 멋지든?"

구야는 고개를 가로저었다.

"항복하지 않으면 니들은 해골 된다! 겁주잔 거지."

갈고리는 해골 그림이 협박용이지, 감상용이 아니라고 했다. 어느 바보가 해골 그림을 액자에 넣어 벽에 걸어두겠느냐고.

"딱 보면 해골이다 싶게 그려. 괜히 그림 솜씨 자랑 말고."

그리는 사람 욕심이 아니라 보는 사람들을 겁먹게 할 방법을 생각하라고 했다.

"다시 그려!"

갈고리와 땅딸보는 밖으로 나가고 구야만 또 홀로 남았다. 진짜처럼 그리지 않으면, 어떻게 그리란 걸까?

구야는 어린 시절 그렸던 사람 그림을 떠올렸다. 동그란 머리통에 삐뚤빼뚤한 선으로 몸통과 팔다리를 그렸다. 아버지는 그걸 '거미 인간'이라고 불렀다. 선만 남기고 다른 건 싹 지워버리고 대충 그리려고 애썼다. 엉성한 해골 그림을 내밀자, 갈고리는 히죽거렸다.

"이제 좀 봐줄 만하네."

갈고리는 구야를 첫번째 도제로 받아주겠다고 했다. 갈고리의 이름은 호민골드, 해적선의 화가였고 땅딸보는 바이올린 연주자인 미슝이라고 했다. 그 뒤로 구야는 호민골드의 선실에서 졸리 로저 기를 그렸다. 그렸다기보다 해골들을 판화처럼 찍어냈다. 호민골드의 선실에 틀어박혀 지내는 이상 구야는 안전했다. 해골 그림만 그린다면 갑판에서 시달림을 당하지 않아도 됐다.

"그림에 목맬 필요 없어. 대충 해골이나 그리며 밥값만 하면 되지."

해적선 화가 호민골드는 네덜란드 헤이그 출신의 화가였다. 어릴 적부터 그림에 소질을 보여 역사화 전문가 밑에서 도제 수업도 착실히 받았다. 하지만 전쟁에 휘말려 오른팔을 잃은 뒤로는 붓을 놓아야 했다. 화가의 꿈을 술로 잊고자 했다. 그러던 어느 날 우연히 선술집에서 만난 레드 비어드는 호민골드에게 패배자 근성을 버리라고 했다. "승리자의 눈으로 세상을 보란 말이지. 넌 살아남았어. 그런데 왜 죽은 사람처럼 살아? 살아남은 자의 자부심을 잃지 마라."

레드 비어드는 호민골드의 어깨를 두드렸다.

"사나이라면 모름지기 바다를 화폭으로 삼아야지."

호민골드는 그 말에 혹해 해적이 되었다고 했다. 배가 어디로 가는지는 상관하지 않았다.

"소풍 온 것처럼 사는 거지."

피비린내와 화약 냄새가 물씬 풍기는 풍경도 마음만 달리 먹으면 구경거리가 될 수 있다는 거다. 구야는 호민골드의 말을 이해할 수 없었다. 사방이 살풍경인데, 어떻게 맘 편히 구경을 하라는 걸까.

호민골드는 구야를 선실 안에 들어앉히고 그림에서 손을 뗐다. 단짝인 미슝과 한량처럼 지냈다. 호민골드가 해적선의 화가라면 미슝은 해적선의 전속 음악가였다. 하지만 미슝의 바이올린 연주는 형편없었다. 그가 활을 움직이면 바이올린은 괴성을 지르며 듣는 사람을 고문했다. 뭍에서는 아무도 그가 바이올린을 연주하길 바라지 않았다. 구야가 듣기에는 쥐떼가 단체로 널빤지에 이빨을 갈아대는 소리 같았다. 구걸이라도 하려고 광장에 나서면 동전 대신 욕만 잔뜩 얻어먹었다는 말이 실감났다.

　하지만 해적들은 미슝의 값어치를 알아줬다. 적들은 바이올린 소리를 들으면 귀를 틀어막았다. 해적들은 전투 내내 들려오는 바이올린 소리를 그치게 하려고 결사적으로 싸웠다. 어쨌든 전투 의지는 샘솟았다.

　졸리 로저 기 덕분에 한시름 놓았지만 그림 그리는 것이 날로 시들해졌다. 상상도 하지 않고, 공도 들이지 않고, 대충대충 그리는 해골바가지에 정이 붙질 않았다. 머리와 가슴, 손이 따로 놀았다. 전투 때마다 졸리 로저 기는 불타고 찢겼다. 코를 푸는 휴지 같았다. 허망했다. 남을 겁주기 위해 그림을 그리는 게 내키지 않았다. 게다가 아무도 누가 해골 그림을 그리는지 관심이 없었다. 구야는 손만 놀려댔다. 살아 있는 사람의 얼굴을 그리고 싶었다.

　그 기회는 우연찮게 찾아왔다.

*

"해적선 선장에게 초상화가 가당키나 하냐?"

호민골드는 투덜거렸다. 레드 비어드가 초상화를 그려달라고 했다는 것이다. 구야는 그 말을 듣고 숨을 죽였다. 도대체 왜 자기 얼굴을 그리라고 한 걸까. 매일 가면을 쓰고 사니, 가면 밑의 민낯이 궁금해진 걸까. 딴사람으로 살다 보니 자기 얼굴을 확인하고 싶은 걸까.

"초상화가 정 보고 싶으면 현상 수배 전단지를 보라고 해. 도시마다 다닥다닥 붙어 있을 테니."

미슝의 말을 듣고 호민골드는 버럭 화를 냈다.

"레드 비어드 얼굴은 현상 수배 전단지에 없잖아. 그냥 시커먼 그림자뿐이라고."

점심 무렵 선장실에 갔던 호민골드가 창백한 얼굴로 돌아왔다.

"레드 비어드가 내 그림을 찢어발겼어."

호민골드는 의자에 앉아 한 손을 오므렸다 폈다.

"손이 굳어버렸다고. 사람 얼굴은 못 그리겠어."

호민골드는 머리를 감싸 쥐었다. 해골 그림만 그리니, 살이 붙고 피가 흐르는 사람 얼굴은 도저히 못 그리겠다는 것이다.

"팔을 부러뜨리는 건 어때. 그럼 그림을 그리지 않아도 되잖아."

미슝의 말에 호민골드가 버럭 화를 냈다.

"한 쪽 남은 팔까지 부러뜨리면 술잔은 어떻게 들어!"

호민골드는 한숨을 쉬었다.

"초상화를 제대로 못 그리면 용총줄에 매단단다."

"너 높은 덴 질색이잖아. 어쩌냐."

미숑은 바이올린으로 장송곡을 연주하기 시작했다. 애절한 가락이 흘러나오자 호민골드는 갈고리로 미숑의 멱살을 잡아끌었다.

"이봐 친구, 고민할 게 뭐 있나. 저 꼬마한테 맡기라고."

"저놈한테?"

호민골드는 구야에게 초상화를 그려본 적이 있느냐고 물었다.

"제대로 그려본 적은……"

"그래, 그럼 이번에 제대로 한 번 그려봐. 넌 도제니까 내 말에 무조건 복종해야 돼."

구야는 고개를 저었다. 하지만 아무리 싫다고 해도 들은 척하지 않았다. 털북숭이 얼굴이 싫었다. 얼굴을 떠올리는 것만으로도 배가 저릿하게 당겼다.

"이제 문제는 해결됐다."

"만약 저 꼬마가 제대로 그리지 못하면 어쩔 건데?"

"그건 그때 가서 생각하지 뭐."

미숑은 흥겨운 음악을 연주하기 시작했다.

"먹자, 마시자, 즐기자. 내일이면 우리 모두 목매달릴 것이니!"

구야는 밤새 뒤척였다. 레드 비어드의 얼굴을 마주 봐야 한다는 사실이 끔찍했다. 레드 비어드는 빌지에 틀어박혀 자신을 감쪽같이 위장했다. 그런 놈의 얼굴을 그리는 게 내킬 리 없었다. 다시 마주 볼 엄두조차 나지 않았다.

"악마 같은 놈이지만, 원래 악마는 아니었어."

미숑은 레드 비어드의 과거 이야기를 들려주었다. "선장도 원래는 평범한 어부였지." 카리브 해 어촌에서 자란 그는 부지런히 물고기를 잡아 작은 화물선을 사들였다. 어느 날 스페인 정복자들이 선장 앞에 나타났다. 식민지에서 거둬들인 보물들을 본국에 실어 나르게 배를 빌려달라는 것이었다. 보수를 넉넉히 준다는 말에 제안을 받아들였다. 부두에 마차들이 줄지어 도착했다. 금은보화와 장식품, 그릇 세트 및 성당의 금 촛대, 미사용품, 희귀 서적과 양피지 문서, 예술품 등이 배로 옮겨졌다. 레드 비어드는 보물들의 목록을 하나하나 작성하며, 평생토록 일해도 이런 보물을 얻지 못한다는 사실을 깨달았다. 죽을 때까지 바다에 그물을 던져도 금 귀걸이 한 짝도 사지 못한다. 탐욕이 사람을 악마로 둔갑시켰다.

그가 속한 세계와 보물들이 속한 세계는 별개였다. 반짝이고 아름다운 물건들이 그를 잔악무도한 해적으로 변하게 했다. 출항하고 얼마 뒤 그는 항로를 변경하고 승객을 바다에 빠뜨렸다. 악명 높은 해적 레드 비어드는 그렇게 탄생했다. 그는 상선들을 공격하고, 베트남 왕이 중국 황제에게 조공으로 바친 금은보화를 빼앗았다. 레드 비어드가 탈취한 보물들을 한데 모으면 작은 언덕만 할 거란 소문이 돌았다. 그러나 카리브 해를 누비던 그의 배는 부하의 배신으로 해군에게 나포됐다. 그는 인질로 위장하여 목숨을 구했지만 배와 부하를 모두 잃었다. 바타비아 항구를 떠돌던 레드 비어드는 황금 히아신스호에 올라탄 후, 빌지에 숨어 기회가 오기만을 기다렸던 것이다.

*

"선장님, 저 왔습니다."

호민골드가 선장실 문을 열고 앞서 들어갔다. 털북숭이, 아니 레드 비어드의 방은 빌지처럼 어두컴컴했다. 탁자에 놓인 촛불 몇 개만이 흐릿하게 어둠을 밝혔다. 방 안의 세간만큼은 호화로웠다. 프랑스제 장롱과 스페인 의자, 정물화와 풍경화들이 벽을 빼곡히 채웠다. 레드 비어드 뒤에 팔짱을 낀 7척 장신의 덩치가 서 있었다. 주인의 명령을 기다리는 사냥개처럼 눈을 지그시 감고 귀는 활짝 열어두었다.

레드 비어드는 자줏빛 융을 씌운 의자에 앉았다. 사람 이로 만든 목걸이가 가슴팍에서 대롱거렸다. 오래되어 거무튀튀해진 누런 이와 갓 뽑아낸 새하얀 이가 한 두릅으로 엮였다. 간간이 살덩이가 붙은 이도 끼어 있었다. 선장의 비위를 건드리면 생니가 뽑힌다는 소문은 사실이었다. 호민골드는 구야를 앞으로 끌어냈다.

"너는 빌지의 쥐가 아니냐?"

호민골드는 양손을 비비며 레드 비어드에게 말했다.

"이 꼬마가 존경하는 선장님의 초상화를 그리고 싶다고 애걸해서."

"빌지의 쥐새끼가 그림을 그려?"

"선장님, 쥐새끼라도 재주꾼입니다. 너그러우신 마음으로 한 번만 기회를."

선장은 금반지를 낀 손가락으로 목걸이를 만지작거렸다. 이빨들이 부딪치며 달그락거렸다. 선장이 손짓하자 덩치는 술병을 가져왔다. 선장은 자기가 술병을 다 비울 때까지 그림을 완성하라고 했다. 호민골드가 해골 잔에 술을 따랐다.

"난, 참을성이 없어. 너도 알겠지만."

구야는 레드 비어드와 마주 앉았다. 검버섯이 핀 거무튀튀한 얼굴은 부두에서 만나는 잡역부 같았다. 초상화를 그리려면 얼굴을 똑바로 봐야 하지만 구야는 차마 그러지 못했다. 레드 비어드의 목울대가 꿈틀거렸다. 구야는 우선 배경부터 그렸다. 노을에 물든 바다를 배경으로 선장은 갑판에 섰다. 붉은 술이 매달린 푸른 채찍, 붉은 깃털이 달린 모자, 허리춤에 찬 옥으로 만든 검과 총을 공들여 그렸다. 붉은 하늘과 바다 앞에 붉은 수염의 선장이 서 있었다.

이제 얼굴만 남았다. 구야는 붉은 수염에 둘러싸인 동그라미를 내려다봤다. 선장은 마지막 남은 술을 잔에 따랐다. 빈 술병이 탁자에 놓였다. 호민골드가 서두르라고 소곤거렸다. 구야는 손바닥에 배어난 땀을 문질러 닦았다. 곁눈질을 하며 겨우겨우 동그라미에 코와 입을 그려 넣었다. 굵은 눈썹 아래 눈동자만 그려 넣으면 완성이었다.

구야는 레드 비어드의 눈을 바라보았다. 초록빛 눈동자가 불빛에 반짝거렸다. 얼근히 취한 레드 비어드의 눈은 여물을 충분히 먹고 흡족해하는 소와 닮았다. 구야는 레드 비어드의 눈동자가 한나의 눈동자처럼 초록빛이라는 걸 받아들일 수 없었다. 사람들의 목숨을 앗아가고 재물을 빼앗는 악한의 눈빛은 뭔가 달라야 한다. 하늘을 날아다니며 사람을 잡아먹는 잔인무도한 두억시니 같아야 마땅하다. 레드 비어드의 텅 빈 눈동자가 구야를 바라보았다.

"어디 한번 볼까?"

레드 비어드는 빈 술잔을 탁자에 내려놓았다. 덩치는 초상화를 낚아채 갔다. 레드 비어드는 의자에 등을 대고 그림을 살폈다. 제법 만족한 눈치였다. 호민골드는 자기가 가르친 수제자라고 생색을 냈다.

"눈은?"

레드 비어드가 손가락으로 눈구멍을 가리켰다.

"마저 그려라."

구야에게 레드 비어드는 악마 같은 작자였다. 눈은 마음을 내보이는 창이다. 겉모습은 꾸며낸다고 한들 눈만큼은 그리고 싶지 않았다.

"이대로라면 남들 눈에 난 해골처럼 보일 텐데."

"선장님 앞이라 꼬마가 긴장했나 봅니다. 눈은 제 손으로……"

레드 비어드가 턱짓하자 덩치는 호민골드를 구석으로 내몰았다.

"그려라. 못하면 네 눈을 빼다 박아줄 테니."

구야는 고개를 들었다. 레드 비어드의 눈에 돌멩이처럼 변한 티세의 눈동자와 고래를 볼 때 반짝거리던 위도도의 눈동자가 겹쳐졌다. 칠면조 노인의 눈과 죽어가던 엄마의 눈, 한나의 눈동자도 어른거렸다. 수많은 눈동자가 밤하늘의 별처럼 머릿속에 떠올랐다. 그 눈들이 구야를 내려다보는 것만 같았다.

"……"

"손에 쥐라도 난 게냐?"

레드 비어드가 술잔으로 탁자를 내리치자 호민골드는 쩔쩔매며 구야의 손에 붓을 쥐어주었다.

"얼른 그려. 그렇지 않으면 나까지 큰일난다고."

구야는 텅 빈 눈구멍을 바라보았다. 얼굴에 뚫린 하얀 구멍을 도저히 채울 수 없었다.

"끝까지 못 그리겠단 거지. 좋아, 그럼 상을 줘야지."

레드 비어드는 덩치에게 명령했다.

"바짝 구워지게 땡볕 아래 세워두어라."

덩치는 구야를 끌어냈다. 레드 비어드는 킬킬거리며 어차피 초상화를 완성시켜도 죽일 셈이었다고 말했다.

"내 얼굴을 본 놈을 살려두면 곤란하지 않겠어."

덩치는 구야를 갑판 기둥에 묶고 물을 적신 수건을 이마에 동여맸다. 내리쬐는 햇볕에 수건은 점점 말라갔다. 바짝 마른 수건이 이마를 옥죄고 들어갔다. 퉁퉁 부은 입술을 혓바닥으로 핥았다. 눈앞이 점점 가물거렸다.

위도도가 대포알을 안고 구야 앞으로 지나갔다. 구야가 부르자, 잠시 멈춰 섰다.

"제발 날 풀어줘."

위도도는 물끄러미 구야를 바라보았다.

"널 풀어주면, 내가 죽어."

구야가 고함쳤지만 위도도는 돌아서지 않았다.

구야는 고개를 떨어뜨리고, 발치에서 점점 길어지는 그림자를 내려다보았다. 눈을 드니 수평선 너머로 저물어가는 해가 보였다. 조선을 떠날 때 맨 처음 보았던 일출 장면이 떠올랐다. 떠오르는 해를 보며 설렜던 날은 아득했다. 해는 사라지고 사위는 어두워졌다. 이제 곧 하늘과 바다가 시커멓게 한 덩어리로 뭉쳐진다. 세상에서 마지막으로 본 풍경이 저토록 컴컴할 순 없다. 한 줌의 빛이라도 있다면 그 막막함이 덜할 듯싶었다. 구야는 배고픈 사람처럼 빛을 찾았다. 어둠 속에서 빛이 더 도드라진다는 핌의 말이 떠올랐다. 한나는 영영 다시 만나지 못하는구나.

저편에서 반딧불 같은 것이 어른거렸다.

"철갑선이 나타났다!"

머리 위 망루에서 고함 소리가 들렸다. 갑판은 선실에서 튀어나온 해적들로 부산스러웠다. 바다 저편의 점은 가까워지며 모습을 드러냈다. 황태자 깃발을 내건 네덜란드 해군의 함선이었다. 해적들은 대포들을 뱃전으로 끌고 가고 무기를 챙겨 전투태세를 갖췄다. 머스킷 총, 나팔 총과 커틀러스 단검으로 무장한 해적들은 레드 비어드의 명령에 따라 일사불란하게 움직였다. 양손에 단창과 도끼를 든 브루노가 구야 앞을 지나갔다.

대포알이 날아왔다. 갑판에 구멍이 뚫리고 화약 냄새가 진동했다. 부러진 돛대에서 사람들이 떨어져 내렸다. 불티가 날아다니고, 바다는 군데군데 붉게 물들었다.

날아온 총알에 해적들이 바닥으로 쓰러졌다. 사슬 탄이 돛을 갈기갈기 찢어발겼다. 군함에서 튀어나온 갈고리가 뱃전에 걸렸다. 병사들이 해적선 갑판으로 뛰어올랐다. 백병전이 펼쳐졌다. 병사들과 해적들은 엉켜서 싸웠다. 자욱한 연기 속에서 구야는 몸을 비틀어댔다.

좌현 쪽에서 소총을 든 병사 둘이 보였다. 레드 비어드는 양손에 장검을 쥐고 갑판으로 뛰어내렸다. 장교 하나가 선장의 칼에 쓰러졌다. 병사 셋이 선장에게 달려들었다. 장검이 날아가자 레드 비어드는 단검을 빼 들었다. 칼을 휘두르며 날뛰는 모습이 야차 같았다.

기둥에 묶인 채 구야는 불길 속에서 펼쳐지는 아비규환을 지켜봤다. 구야의 머릿속에 지옥도가 펼쳐졌다. 연기 속을 절름거리며 헤매는 사람들, 몸에 불이 붙어 갑판을 뒹구는 사람들, 피를 흘리며 쓰러지는 사람들의 비명 소리가 들렸다. 누가 해적이고, 누가 해군인지 분간할 수 없었다. 위도도의 등 뒤로 칼을 든 사람이 다가갔다.

"위도도!"

구야의 목소리를 들은 위도도가 뒤를 돌아봤지만 한발 늦었다.

위도도는 칼에 찔려 갑판에 쓰러졌다. 고래들도 꿈속으로 사라졌다. 구야는 비로소 할아버지가 무엇을 보고 지옥도를 그렸는지 알게 되었다.

등불이 바닥에 떨어지고 등피가 깨졌다. 흘러나온 기름에 불이 옮겨붙고 화염이 일렁거렸다. 불길은 갑판을 핥으며 흘러 다녔다. 선판과 화물 상자들이 화염에 휩싸였다. 매캐한 연기가 하늘로 피어올랐다. 발밑으로 지글지글 뜨거운 기운이 올라왔다. 불길이 금세라도 구야를 집어삼킬 것만 같았다. 매캐한 연기에 구야는 눈을 깜빡였다. 눈을 감았다 뜨면 눈앞의 풍경이 책장처럼 넘어갈 거라고 믿고 싶었다. 하지만 눈을 뜨면 여전히 지옥의 한복판이었다. 열기가 구야를 덮쳤다. 구야는 기둥에 묶인 채 정신을 잃었다.

제 5 장

# 암스테르담의 죄수, 교수대에 서다

여왕의 복수자호에서 잡혀온 해적들은 감옥으로 끌려갔다.

구야는 간수를 따라 좁다란 돌계단을 내려갔다. 벽에 걸린 횃불은 노린내를 피우며 타 들어갔다. 간수는 구야를 컴컴한 지하 감방에 떠밀었다. 구야는 두어 걸음 걸어가다 벽에 부딪혔다. 관처럼 좁은 감옥이었다. 간신히 몸을 누일 공간이 전부였다. 구야는 벽에 등을 대고 주르륵 미끄러져 앉았다. 졸음이 쏟아졌다. 밧줄에 묶여 마차에 실린 뒤로 통 잠을 자지 못한 탓이었다. 잠이 구야를 삼켰다.

감옥문은 하루 한 번씩 배식 때만 열렸다. 그제야 새날이 밝은 줄 알았다. 묽은 귀리죽에 물 한 사발, 빵 한 조각이 전부였다. 주린 배를 채우려고 벽에 붙은 이끼를 뜯어 입에 넣기도 했다. 텁텁하고 씁쓸했다. 하루 종일 어두운 감방 안에 갇혀 있으니,

생각만 무럭무럭 자라났다. 구야는 어쩌다가 여기까지 오게 되었는지 되짚어갔다. 떠밀리듯 온 길들을 되돌아보았다.

'호열자만 아니었으면, 가족과 함께 저녁상에 둘러앉아 있겠지.'

'아버지가 호랑이 그림만 제대로 그렸다면 호열자 귀신이 얼씬도 못했겠지.'

'하지만 과연 그림 한 장이 호열자를 막을 수 있었을까?'

염라댁 주막에 계속 있었다면, 지금쯤 헛간에서 잠들었을 것이다. 낮이면 떠가는 구름을 바라봤겠지. 그때는 징글징글했던 염라댁의 얼굴마저 그리웠다. 주먹이의 안부도 궁금했다. 멍멍, 소리가 귓속에서 쟁쟁거렸다. 한나도 그리웠다. 하지만 다시 만나지 못할 것만 같았다. 구야는 조선을 떠난 뒤 물에 뜬 잎사귀처럼 떠밀려만 다녔다. 간수들의 말에 따르면, 해적들은 대부분 교수형을 당한다고 했다. 교수형을 당하려고 여기까지 온 건 아니다. 그렇다면 가족과 함께 호열자로 숨을 거두는 편이 나았을지도 모른다. 가슴이 먹먹했다. 가까스로 목숨만은 건졌다. 하지만 앞으로는 어떻게 될지 몰랐다. 구야는 어둠 속에서 스스로를 달랬다.

'나는 해적이 아니야. 그러니까 교수형을 당할 리 없어.'

눈을 감으면 안쪽이 컴컴했다. 눈을 뜨면 밖이 컴컴했다. 안팎이 송두리째 어둠이었다. 어둠은 모든 사물의 형체와 빛깔을 앗아갔다. 지옥은 어쩜, 괴물들이 득시글거리는 곳이 아니라 빛 한 점 없는 허허벌판일는지도 모른다. 재판을 앞둔 전날, 구야는 한숨도 자지 못했다.

*

동이 트자 구야는 지하 감방에서 끌려 나왔다. 졸린 눈으로 물끄러미 앞사람의 뒤통수를 바라보았다. 오늘 재판으로 구야의 운명이 판가름된다. 앞사람 발꿈치를 따라 돌계단을 오르고 횃불이 매달린 복도를 지나갔다. 발밑에서 족쇄가 절그럭거렸다. 입구에 도착하자 철문이 열리고 빛이 눈을 찔렀다. 구야는 팔을 들어 얼굴을 가렸다.

구야는 죄수 행렬의 꽁무니에 붙어 마당으로 나섰다. 죄수들은 굼뜨게 마당 가운데 세워진 수레로 향했다. 죄수들이 올라탈 때마다 수레바퀴가 덜컹거렸다.

"잡아라, 저놈 잡아!"

간수들은 고함을 지르고, 죄수들은 웅성거렸다. 죄수 하나가 행렬을 벗어나 달아났다. 구야의 눈길이 죄수의 뒷모습을 쫓았다. 간수들은 토끼몰이를 하듯 도망치는 죄수에게 따라붙었다. 감옥 마당은 담으로 둘러싸였다. 도망치던 죄수는 담장 아래 섰다. 담은 높다랬다. 등짝에 날개가 돋아나거나 땅으로 스며들지 않는 한 길이 없다. 도망치던 죄수가 돌아섰다. 금발머리에 길쭉한 얼굴이 눈에 들어오자 구야는 주먹을 말아 쥐었다.

'브루노……'

손등에 뼈가 하얗게 도드라졌다. 간수들은 죄수를 둘러싸고 발길질과 몽둥이질을 했다. 죄수들의 행렬이 다시 움직이기 시작했다. 수레에 올라탄 구야는 한구석에 무릎을 세워 앉았다. 구야의 손바닥에는 반달 모양의 손톱자국이 남았다. 잡혀온 브루노는 수레에 고깃덩이처럼 던져졌다. 구야는 고개를 숙이고 나뭇결에 스며든 핏자국을 내려다보았다. 브루노는 살기 위해 남에게 제비뽑기를 강요했다. 그리고 가장 나쁜 제비를 쥐고 낯선 도시에서 숨을 거뒀다.

수레가 움직이자 간수를 태운 말이 따라붙었다. 골목을 빠져나간 수레는 암스테르담 거리로 들어섰다. 구야는 고개를 들어 사방을 둘러봤다. 한밤중에 해적선에서 감옥으로 끌려왔던지라 도시는 보질 못했다. 구야는 오래전부터 꿈꾸었던 암스테르담 거리와 드디어 마주했다. 길 한쪽은 벽돌집들이, 다른 쪽에는 운하가 펼쳐졌다. 아침 햇살은 양편에 골고루 뿌려졌다. 작고 높은 창문들은 햇살을 튕겨냈고, 물결은 햇빛을 담고 일렁였다. 조선의 풍경과는 사뭇 달랐지만 놀랍지는 않았다. 벽돌집이야 일본 데지마에서 봤고, 운하를 오가는 배들은 동인도회사의 무역선에 비하면 장난감 같았다. 조선에서 만난 한나는 네덜란드가 천국이라고 했다. '거리엔 사과를 문 돼지와 등에 포크를 꽂은 통닭이 돌아다닌다. 개울에는 소젖이 흐르고, 나무에는 빵이 열린다. 일을 하지 않아도 굶주리지 않으니 하고 싶은 일만 하면 된다.' 이야기 속 네덜란드로 떠난 주막집 머슴의 코밑에는 수염이 거뭇거뭇 자랐다. 구야는 더 이상 옛날이야기에 속아 넘어가는 코흘리개가 아니다.

길 양편으로 구경꾼들이 몰려들었다. 몇몇은 진기한 볼거리를 놓치지 않겠다는 듯 수레 뒤를 쫓았다. 죄수들을 손가락질하며 수군거렸다. 목마를 탄 아이는 아버지의 어깨에서 풀썩거렸다. 구야는 구경꾼 중에 초록색 눈동자의 계집아이와 시선이 마주쳤다. 한나보다 한참 어린아이였다.

구경꾼들이 늘어나자 수레가 천천히 움직였다. 어디선가 돌멩이가 날아왔다. 그걸 시작으로 사방에서 돌멩이들이 쏟아져 들어왔다. 죄수들은 옴짝달싹하지 못한 채 돌 세례를 견뎠다. 구야는 무릎 사이에 얼굴을 파묻었다. 눈먼 돌멩이가 간수의 뒤통수로 날아가고 나서야 돌팔매질이 멈춰졌다. 간수의 으름장에, 구경꾼들은 쥐고 있던 돌을 슬그머니 떨어뜨렸다.

골목으로 짠 내 섞인 바람이 불어 들어왔다. 저편으로 바다가 보였다. 누군가가 교수대까지 멀지 않았다며 한숨을 쉬었다. 숨죽인 울음소리도 들려왔다. 해적선에 있을 때 그들은 의기양양하게 교수대 이야기를 늘어놓곤 했다.

"해적은 침대에서 죽지 않아. 바다 밑바닥, 아님 교수대."

교수대는 갑판과 술통처럼 해적 생활의 일부분이었다. 얼근하게 취한 해적들은 교수대를 안줏거리로 삼았다. 구야는 술심부름을 하며 교수대 이야기를 질리도록 들었다.

교수대는 바다 위에 세워진다. 발판이 내려가면 올가미가 목을 옥죈다. 몇 번 버둥거리면 숨이 막혀 죽는다. 그게 끝은 아니었다. 죽은 죄수의 몸뚱이는 교수대에 매달려 사흘 동안 바닷물에 씻긴다. 바닷물이 그들의 죄를 씻어준다는 것이다. 퉁퉁 부푼 시체는 장터 한가운데 걸려 해적질의 비참한 말로를 보여주는 본보기가 되었다.

해적들은 몸짓까지 곁들여 실감 나게 이야기를 했다. 교수대에 매달린 듯 혀를 빼물고 눈까지 희번덕거렸다. 구야는 진저리 치고 몸서리쳤다. 도대체 무슨 심보로 교수대 이야기를 해대는지 몰랐다. 미슝은 해적들이 교수대 이야기로 무섬증을 달랜다고 말해주었다.

"앞으로 당할 일을 까맣게 모를 때가 가장 무섭잖아. 미리 알면 좀 낫지."

구야는 할아버지의 지옥도를 떠올렸다. 할아버지도 그런 마음으로 지옥의 풍경을 그렸던 걸까. 최악을 상상하면 그나마 견딜 만해지는 걸까. 그림으로나마 죽음과 낯을 익히려고 한 걸까.

수레가 바다 앞 광장에 들어섰다.

교수형을 구경하러 나온 인파로 광장은 북새통을 이루었다. 아코디언 소리에 행상의 "버찌 사려!" 소리가 뒤섞였다. 수레가 멈추자 말은 고개를 털고 콧김을 내뿜었다. 간수는 미적거리는 죄수들을 수레에서 끌어냈다. 구야는 비틀거리며 일어섰다. 수레 입구에 놓인 위도도의 몸뚱이는 논에서 뽑혀 나온 허수아비 같았다. 구야는 위도도를 바라보다 끌려내려 갔다.

이른 아침 맨발에 닿은 돌은 차가웠다. 시간이 지나면 햇살이 돌멩이들을 달굴 것이다. 돌 위에 붉은 발자국이 찍혔다.

창을 든 병사들이 죄수들을 둘러쌌다. 병사들이 쳐든 창끝이 햇빛에 반짝거렸다. 옥수수 밭을 지나가는 것 같았다. 구경꾼들이 길을 터주자 저 앞으로 교수대가 모습을 드러냈다. 상상했던 교수대는 솟을대문처럼 높다랬다. 하지만 실제로 본 교수대는 솜씨 없는 목수가 수숫대로 세운 문틀 같았다.

그 문틀 안으로 바다가 움직였다. 갈매기들은 오르내리고 배들은 한가롭게 지나갔다. 바닷바람에 교수대의 올가미가 건덩거렸다. 구야는 그 올가미에 걸린 제 모습을 상상했다. 축 늘어진 지푸라기 인형이었다. 구름이 움직이고 바다가 일렁이지만, 지푸라기 인형은 꼼짝하지 않는다. 죽었으니까. 구야는 어젯밤 거듭했던 말을, 다시금 뇌까렸다.

'괜찮아. 난 해적이 아니야. 이대로 목매달리지 않을 거야.'

죄수들은 바닷가에 마련된 해사 법정 앞에 일렬로 섰다. 파란 깃털 모자를 쓴 남자와 더벅머리가 탁자에 앉았다. 우락부락한 형리가 늙은 해적을 법정 앞에 세웠다. 더벅머리가 판결문을 읽었다.

"판결하노니, 네가 왔던 곳으로 돌아가라. 신께서 부디 네 영혼을 굽어살펴주시길."

늙은 해적은 몸을 비틀었고, 구경꾼들은 환호성을 질렀다. 형리는 검은 두건을 쓴 집행인에게 늙은 해적을 넘겨주었다. 교수대 위에 올라선 해적 곁에 호리호리한 남자가 붙어 섰다.

"하느님, 회개하는 자를 불쌍히 여기셔서 지옥의 형벌만큼은 면해주소서."

그는 늙은 해적의 어깨에 손을 얹고 기도문을 읊조렸다. 늙은 해적의 다음 차례는 펜이었다. 펜도 기도문을 읊조렸다. 입이 오물거릴 때마다 뺨의 화상 얼룩이 실룩거렸다. 바람에 달싹거리는 낙엽 같았다. 구야는 펜의 뺨에 얼룩이 생기던 순간을 목격했다. 펜은 자기를 노려봤다는 이유로 늙은 귀족을 단칼에 벴다. 아버지가 쓰러진 걸 목격한 아들은 기둥에서 햇불을 뽑아 들었다. 불똥이 갑판 위로 떨어졌다. 단검에 묻은 피를 닦기 바빴던 펜이 열기를 느끼고 얼굴을 감쌌지만, 이미 늦었다. 펜은 비명을 지르며 갑판을 뒹굴었다. 잔인한 보복이 이어졌다. 온몸에 칼집이 난 젊은 귀족은 선미(船尾)에 매달렸다. 피 냄새를 맡은 상어들이 살점을 뭉텅뭉텅 뜯어갔다. 펜은 선홍색 거품이 부글거리는 파도를 내려다봤다. 애완동물에게 먹이를 준 주인처럼 흐뭇하게 웃었다. 그때 들었던 웃음소리가 아직도 귀에 쟁쟁하다.

"……불쌍히 여기셔서 지옥의 형벌만큼은 면해주소서."

펜은 간절히 기도하지만, 뒤늦은 회개로는 지옥길을 피하지 못한다.

늙은 해적이 죽고, 다음으로 펜의 목에 올가미가 걸렸다. 사형집행인은 헐떡거리는 펜에게 마지막으로 할 말이 없느냐고 물었다.

사형수에게는 최후의 한마디를 남길 권리가 있다. 카리브 해를 휘젓던 애꾸눈 선장은 감동적인 연설로 사람들을 부추겨 폭동을 일으켰고, 그 틈에 달아났다고 한다. 구경꾼들에게 선물을 주겠다며 보물섬의 위치를 알려준 해적도 있었다. 그 말만 믿고 여럿이 식인종이 우글대는 섬으로 떠났다.

"살려줘! 살려줘. 죽이지 마, 죽기 싫어."

펜은 쉰 목소리로 외쳐댔다. 집행인이 신호를 보내자 덜컹 대문이 열리는 소리가 들렸다. 발판이 사라지고 펜은 순식간에 아래쪽으로 끌려 내려갔다. 구야는 눈을 감았다.

까마귀 소리에 구야는 눈을 떴다. 저 위로 구름이 보였다. 까마귀들이 태양빛을 받으며 맴돌았다. 죄수들의 줄이 짧아질수록 구야의 가슴은 두방망이질 쳤다. 더벅머리 서기는 정해진 판결문을 되풀이해 읽었다. 여왕의 복수자호에서 살아남은 해적들은 하나씩 교수대에 매달렸다.

바이올린 소리가 들렸다. 교수대에 미슝이 올라서 있었다. 한 쌍으로 붙어 다니던 호민골드는 보이지 않았다. 해적선과 함께 바다에 가라앉았거나 전투 중에 숨을 거둔 모양이다. 미슝은 바이올린을 연주하게 해달라고 부탁했다. 그는 활을 쥔 시늉을 하고는 보이지 않는 바이올린을 켜기 시작했다.


바다는 넓고 깊지. 여인네 마음은 오리무중.

이봐, 술병이나 비우자고. 취하다 깨다 한세상

바다 밑에 내 청춘을 잠재우네.

내 청춘, 바다가 삼켰네.


야유하는 구경꾼들에게 미숑은 손을 흔들어주었다. 햇살이 그의 표정을 가렸다. 이제 그의 바이올린 소리는 영영 듣지 못한다. 미숑과 함께 미숑의 음악도 사라져버린다. 형리는 고개를 돌리는 구야의 등을 떠밀었다.

치안판사가 종이 뭉치를 뒤적거릴 때마다 모자에서 파란 깃털이 까닥거렸다. 그는 펜대를 굴리며 구야에게 바타비아 출신이냐고 물었다. 네덜란드 사람들은 얼굴이 가무잡잡하면 무조건 바타비아 사람이라고 생각한다. 조선이라고 대답하자 치안판사는 구야를 아래위로 훑어보았다.

"조선?"

곁에 앉은 더벅머리가 귀엣말을 했다.

"코레 말이지?"

그는 구야를 신기한 동물처럼 바라보았다.

"이름이 뭐냐?"

"구야."

치안판사는 코레 출신 해적은 처음이라고 말했다. 구야는 고개를 흔들며, 자신은 해적이 아니라고 말했다. 형리가 곁에서 이죽거렸다.

"해적 놈들이야 다 자기는 해적이 아니라고 우겨대지."

치안판사가 손짓하자 구야는 다급하게 해적의 포로였다고 말
했다. 형리는 콧방귀만 뀌었다.

"나는 거기서 그림, 그림을 그렸어."

"그림? 해적선에서 무슨 그림을 그려?"

더벅머리 서기가 물었다. 구야의 머릿속에서 해골 깃발이 펄럭
거렸다.

"그러니까 졸리 로저 기랑 초상화를……"

"해적 놈 헛소릴 언제까지 들으실 참이요?"

형리가 구야의 손목을 거머쥐었다. 이대로 끌려가면 교수대에
매달린다.

"레드 비어드, 레드 비어드의 초상화를 그렸다고."

치안판사가 고개를 들었다. 구경꾼들이 웅성거렸다. 더벅머리
는 정말로 레드 비어드의 초상화를 그렸느냐고 되물었다. 구야가
고개를 끄덕이자 치안판사가 자리에서 일어났다.

"그놈 얼굴을 봤단 말이지?"

레드 비어드는 카리브 해와 대서양, 태평양까지 주름잡는 해적
이었다. 하지만 변장의 명수라 아무도 그의 진짜 얼굴을 몰랐다.
치안판사는 형리에게 구야를 감옥으로 돌려보내라고 했다.

다음 날 아침 찾아온 치안판사는 살고 싶으면 레드 비어드의
초상화를 그리라고 했다. 그림을 그리기 위해서는 그 얼굴을 다
시 떠올려야 했다. 기억하고 싶지 않은 얼굴을 떠올려 생생하게
그려내야 했다. 치안판사는 레드 비어드를 잡고 싶지 않느냐고

물었다.

"네가 돕지 않으면 그놈은 또 어디선가 사람들을 해칠 거다. 그래도 괜찮으냐?"

구야는 레드 비어드가 어둠 속에 숨어 들어가는 걸 원치 않았다. 얼굴을 숨기고 사람들 사이에 섞여 들어가길 바라지 않았다. 티셰와 위도로를 위해서도 그럴 순 없었다. 구야는 칠면조 노인이 고양이를 그렸을 때처럼 재빨리 레드 비어드의 얼굴을 종이에 옮겼다. 눈동자만 남았다. 구야는 눈을 질끈 감고 레드 비어드의 눈을 그려 넣었다.

"암만 봐도 해적 같지 않은데."

종이 위에 그려진 얼굴만 보면 부두에서 흔히 마주치는 늙수그레한 짐꾼의 얼굴이었다. 치안판사는 구야가 그린 초상화를 받아 들더니, 확실하냐고 되물었다.

"레드 비어드가 이렇게 순박하게 생겼다고?"

구야는 초상화를 그리려고 얼굴을 조목조목 뜯어보았으니 틀림없다고 대답했다. 치안판사는 조수에게 그림을 넘겨주며 수배 전단지를 만들라고 일렀다. 구야는 애초의 약속대로 교수형을 받는 대신 감옥으로 옮겨졌다.


*


오전 여섯 시면 간수들은 감방 문을 두드리며 일어나라고 고

194

함을 쳐댔다. 구야는 상이군인, 투르크*인 거지와 한 방에서 지냈다. 그들은 범죄를 저질러서가 아니라 게으르다는 이유로 잡혀왔다. 라스프하위스 감옥은 걸인이나 부랑자들을 가둬두는 교화소 역할도 했다. 상인과 청교도의 나라인 네덜란드에서 게으름뱅이는 죄인이었다.

잿빛 수염에 둥글넓적한 얼굴의 상이군인은 말이 많았고, 거지는 벙어리 같았다. 상이군인은 구야만 보면 무용담을 떠벌려댔다. 자신이 얼마나 용맹했는지를 침을 튀겨가며 떠들어댔다. 전쟁터에서 잃은 다리를 훈장처럼 여겼다. 구야는 상이군인을 보며 호민골드를 떠올렸다. 상이군인과 호민골드는 쾌활하고 말이 많았다. 말 없는 시간이 주는 긴장을 견디지 못하는 것 같았다.

하지만 구야는 잠결에 상이군인의 신음 소리와 비명 소리를 듣곤 했다. 그는 무섭다고 중얼거리고 아프다고 울어댔다. 무용담이 진심인지, 잠꼬대가 진심인지는 알 수 없었다. 상이군인은 담(Dam) 광장에서 비럭질을 하다 끌려왔다. 다리를 잃은 그에게 아무도 일거리를 주지 않았다. 며칠 굶으니 자연스레 모자를 앞에 두고 돌바닥에 주저앉게 되었다. 전쟁 영웅을 제대로 대접하지 않는 사람들 탓이라고 투덜거렸다. 싹 잡아다 전쟁터에 내보내야 한다고 핏대를 올렸다. 구야와 투르크인에게도 동의를 구했다.

"……"

---

* 터키.

투르크인의 대답은 한결같았다. 투르크인은 밥을 먹을 때를 제외하곤 거의 벽을 향해 돌아누워 있었다. 마주한 벽에는 다섯 개씩 다발 진 싸릿개비가 새겨져 있었다. 감옥에서 나갈 날짜를 헤아리는 듯싶었다.

구야는 그럭저럭 감옥 생활에 적응해갔다. 상이군인은 무용담만 들어주면 시비를 걸지 않았고, 투르크인은 꿔다놓은 보릿자루였다. 하지만 그런 평화는 오래가지 못했다.

새벽에 요란한 발자국 소리가 들렸다. 문틈으로 불빛이 일렁거리더니 쩔거덕쩔거덕 열쇠 소리가 들렸다. 옥신각신하는 소리와 함께 문이 열렸다. 한 노인네가 감옥 바닥에 나뒹굴었다.

"어이어이, 살살해."

몸을 일으킨 노인네는 안고 있던 스케치북을 내밀었다.

"그깟 몇백 굴덴? 그림 한 장이면 싹 갚을 수 있다니까."

간수는 콧방귀를 뀌더니 문을 닫아버렸다. 노인네는 구시렁거리며 벽에 기대앉았다.

구야는 새로 들어온 노인네를 힐끔거렸다. 삐딱하게 눌러쓴 모자 아래로 은회색 머리카락이 삐져나왔다. 주먹코에 주름진 얼굴, 입술에는 피가 말라붙었다. 공짜로 술을 마시다 끌려온 부랑자가 분명했다. 그런데 자꾸 바라보니 어디서 본 듯한 얼굴이었다.

하긴, 여왕의 복수자호에서 술주정뱅이들을 질리도록 봐왔다. 그들은 배짱을 기른다고 술을 퍼마셨고, 술에 취해 걸핏하면 주먹질을 해댔다. 피하는 게 상책이다. 하지만 노인네의 술주정에 다들 잠을 이루지 못했다.

"거, 노인네 되게 시끄럽네. 잠 좀 자자고!"

참다못한 상이군인이 몸을 벌떡 일으켰다.

"돼지 새끼야? 왜 자꾸 꿀꿀거려."

노인네는 상이군인을 물끄러미 바라보더니 뜨거운 토디 술을 한잔 달라고 했다.

"미쳤어? 여긴 감옥이라고."

"왜? 돈 때문에 그래? 기다려봐."

노인네는 먼지만 날리는 주머니를 뒤적거렸다.

"……운하에 빠졌을 때 동전들이 몽땅 달아났나 보네. 내가 술값 대신 그림을 그려줌세."

노인네는 스케치북을 무릎에 올리더니 이번엔 사방을 더듬거리며 목탄을 찾기 시작했다.

"목탄을 어디 뒀더라."

바닥을 더듬던 노인네가 나무다리를 덥석 쥐자 상이군인은 질겁했다.

"미친 노인네, 어딜 만져!"

"좀 빌려줘. 그림을 그려야 해."

노인네는 나무다리를 잡아당겼고, 상이군인은 펄펄 뛰며 자기 다리를 끌어당겼다.

"그림? 남의 다리로 그림? 환장하겠네."

상이군인의 주먹질에 물러났던 노인은 목탄을 발견하고는 반색하며 벽에다 그림을 그리기 시작했다. 구야는 뒤편에서 노인네가 그리는 것을 바라보았다. 노인네는 쓱쓱, 선 몇 개로 상이군인의 심술맞은 얼굴을 완성했다.

"뭐하는 짓이야! 벽에 낙서를 하면 어떡해!"

"낙서어?"

노인네는 고개를 폭 숙이더니 한숨을 쉬었다.

"하긴 썩은 정어리 눈깔에 그림이 뵈기나 하겠냐."

"뭐? 정어리?"

상이군인은 나무다리로 바닥을 두드렸다.

"난 조국을 위해 스페인 놈들과 목숨을 걸고 싸웠다고!"

"그런데?"

"그런데라니?"

"그래서?"

"뭐가 그래서야!"

상이군인이 노인네에게 바짝 다가갔다.

"보아 하니 그림쟁이 같은데……"

노인네는 벽을 가리키며 말했다.

"이걸 좀 보라고. 우리 티투스가 일곱 살 때 그린 그림이야. 내가 따라 그려봤지."

"뭔 소리야."

노인네는 상이군인을 지그시 노려보았다. 눈빛이 예사롭지 않았다.

"돼지에겐 다마스쿠스* 장미나 패랭이꽃이나 몽땅 먹을 거지."

"미친 늙은이가 누굴 보고 돼지래."

상이군인은 노인네를 떠다밀었다. 노인네도 질세라 상이군인을 얼싸안고 바닥으로 뒹굴었다. 투르크인은 벽에 바짝 몸을 붙였다. 상이군인은 노인네의 몸에 올라타 주먹질을 해댔다. 보는 사람은 오금이 저리는데, 노인네는 간지럽다는 듯 키득거렸다.

"그래, 기왕이면 영웅에게 두들겨 맞아야지. 영광이네그려."

노인네는 깐죽거리며 상이군인의 염장을 질러댔다. 혀로 자꾸 매를 벌어들였다. 맞고 싶어 안달이 난 사람 같은데 내버려두면 큰일이 날 것 같았다. 구야는 두 사람 사이에 끼어들었다.

"이렇게 난릴 피우면 간수가 온다고요!"

상이군인은 주먹질을 멈췄지만 노인네는 입을 다물지 않았다. 보다 못한 구야는 노인네의 입을 틀어막으려고 했다. 버둥거리던 노인네가 구야의 손가락을 깨물었다. 구야의 입에서 비명이 터져 나왔다. 놔달라고 해도 꼼짝도 하지 않았다.

"니들 내가 누군지 알아! 렘브란트 판 레인, 네덜란드 최고의 화가님이시라고!"

"렘브란트? 그게 뭐야?"

노인네는 악다구니를 썼지만, 아무도 그를 알아보진 못했다. 렘브란트란 노인네의 고함 소리를 듣고 간수들이 나타났고, 횃불

---

* 시리아의 수도. 이슬람 문화의 4대 도시 중 하나.

이 이리저리 감방 안을 비췄다. 상이군인은 바닥에 납작 엎드렸고 투르크인은 구석에서 잠든 척했다. 횃불이 엉겨 붙은 구야와 렘브란트를 비추었다.

"거기 주인 양반, 토디 술이 떨어졌으면 라일락 술이라도 달라고!"

간수장은 감옥에서 싸움질한 놈들을 끌어내라고 명령했다.

구야는 간수에게 자기는 싸움을 말렸을 뿐이라고 말했다. 간수가 사실이냐고 묻자 상이군인이 대답했다.

"저 꼬마 놈이랑 늙은이랑 시비가 붙었는뎁쇼. 제가 암만 말려도."

"내가 아니라 당신들이 싸웠잖아!"

간수들은 상이군인에게 덤벼드는 구야를 잡았다.

"제가 왜 저런 늙은이랑 다툽니까? 군인은 적과 싸워야죠."

구야는 구석에 누운 투르크인을 흔들었다. 투르크인은 끙 소리를 내며 돌아누웠다.

"저놈들을 '삐걱거리는 집'으로 끌고 가라."

간수는 구야와 렘브란트를 감옥 밖으로 끌어냈다.

※

'삐걱거리는 집'은 수중 감옥의 별명이었다. 일단 끌려가면 죽기 전까지 물을 퍼내야 한다. 수중 감옥에는 펌프가 두 개 설치

되어 있었다. 바깥쪽 펌프는 시냇물을 끌어 올려 감방 안으로 흘려보낸다. 죄수들은 살아남으려면 끊임없이 펌프질을 해야 한다. 이 감옥은 게으름 병을 치료하기 위해 고안되었다고 한다.

네덜란드인들은 물과 싸우며 살았다. 네덜란드는 육지의 절반이 해수면보다 낮아 걸핏하면 땅이 물에 잠기고 펄이 되었다. 곳곳에 세워진 제방, 운하, 풍차도 물과 싸우기 위한 무기였다. 게으름을 피우거나 사고를 친 죄수들에게는 펌프질을 시켜, 선조들의 은혜와 노동의 소중함을 배우게 하자고 수중 감옥을 만들었다는 것이다. 펌프질은 고됐고, 잠깐 딴짓을 하면 물이 턱밑까지 차올랐다.

감옥에 들어서자 들큼하면서 썩은 내가 풍겼다. 버려진 지 오래된 우물에서 나는 악취와 같았다. 우물처럼 아래로 내려올수록 빛이 줄었다. 감옥은 어두컴컴했다.

"죽고 사는 건, 너희들 하기 나름이다."

간수는 익사를 하면, 그건 너희들이 게으른 탓이라며 물러났다.

감옥 문이 닫혔다. 우물 바닥 같은 감옥에 렘브란트와 구야만 남았다. 높다란 천장에서 들어온 빛은 감옥 아래까지 닿지 못했다. 축축한 돌벽에는 이끼가 끼었고 돌 틈으론 가느다란 물줄기가 흘렀다. 렘브란트는 한구석에 책상다리를 하고 앉았다.

구야는 안절부절못하며 펌프 주위를 맴돌았다. 펌프질이라면 배에서 지겹도록 했다. 황금 히아신스호에서 퍼낸 물만으로 호수 하나는 너끈히 채울 판국이다. 구야는 렘브란트에게 자기가 먼저

물을 풀 테니 힘이 빠지면 교대하자고 말했다. 렘브란트는 상관 없다는 듯 벽에 기대 눈을 뜨지 않았다. 위쪽에서 삐걱거리는 소리와 함께 물이 폭포수처럼 쏟아져 내렸다.

구야는 허둥지둥 펌프로 달려갔다. 녹슨 펌프의 손잡이를 힘껏 눌러댔다. 감옥 밖의 펌프와 감옥 안의 펌프는 이야기를 나누듯 번갈아 삐걱거렸다.

복숭아뼈를 휘감고 돌던 물이 배수구를 통해 빠져나갔다. 잠시 숨을 돌리는데, 다시 물이 쏟아져 들어왔다. 펌프질에 어깨가 욱신거렸다.

"이봐요, 당신 차례야."

구야는 뒤쪽을 힐끔거렸다.

"……"

렘브란트는 잠든 것처럼 보였다.

물에 빠져 죽을지도 모르는데 잠을 자다니, 죽기로 작정했거나 미친 노인네가 분명하다.

구야는 렘브란트의 어깨를 잡고 흔들었다. 소리를 지르고 뺨을 툭툭 쳐도 꼼짝하지 않았다. 잠깐 펌프질을 멈춘 사이 복숭아뼈까지 물이 차올랐다. 구야는 별 수 없이 렘브란트를 버려두고 펌프로 돌아갔다. 실랑이를 하다가는 구야마저 물에 빠져 죽을지 모른다. 거듭되는 펌프질로 팔은 장작개비마냥 뻣뻣해지고 숨이 턱까지 차올랐다.

감옥에 오래 갇혀 있어 힘이 빠진 탓이었다. 펌프질이 느려지자 물은 종아리에서 찰랑거렸다. 곱은 손은 펴지지 않았고 손가락 끝은 감각조차 없었다. 더 이상 혼자 힘으로 물을 퍼낼 수 없었다. 구야는 손잡이를 놓고 렘브란트에게로 갔다.

"물을 퍼야 한다고! 당신 차례라고!"

렘브란트는 심드렁한 표정으로 돌아누웠다.

"난, 이걸로 됐다."

"되긴 뭐가 돼. 물을 퍼내지 않으면 죽는다니까!"

그사이에 물은 무릎께에서 차란차란했다. 구야는 다시 펌프질에 매달렸다. '저 노인네에게는 아무것도 기대해서는 안 된다. 여기엔 나 혼자뿐이다. 이 세상에 날 구해줄 사람은 나밖에 없다.'

이제껏 이런 식으로 살아남았다. 혼자서만. 이제 더 이상 기운이 없었다. 렘브란트란 노인네의 말대로, 여기서 그만두는 게 옳을지도 모른다. 기를 쓰면 쓸수록 그리운 사람들과는 점점 멀어졌다. 구야는 펌프에서 손을 뗐다. 물이 어깨까지 올라가자 구야는 물속에 가라앉았다. 몸에 힘을 빼려고 했지만 물이 눈과 코로 밀려들자 자연스럽게 버둥거리기 시작했다. 생각과 몸은 별개였다. 몸은 본능적으로 살길을 찾았다.

"살려줘. 나 좀, 나 좀……"

간신히 떠오른 구야는 고개를 틀어 렘브란트가 앉았던 자리를 바라보았다. 물 위에 모자만 둥싯거렸다. 물은 렘브란트도 삼켜버린 모양이다.

발이 더 이상 바닥에 닿지 않았다. 구야는 허우적거리며 거무

튀튀한 물을 헤집었다. 죽게 내버려둘 순 없었다. 가만히 있을
순 없었다. 구야는 몽롱한 정신으로 물 아래로 가라앉았다.

바닥에 닿은 순간 누군가가 구야를 물 밖으로 밀어내려고 했
다. 흐물흐물 물속으로 주저앉았던 구야는 멱살이 잡혀 다시 물
위로 끌어 올려졌다.

"이봐, 정신 차리라고!"

렘브란트는 구야의 뺨을 후려갈겼다.

구야는 가늘게 눈을 뜨고 렘브란트를 바라보았다. 부릅뜬 눈을
마주하자 떠오르는 얼굴이 있었다. 데지마에서 본 화가의 초상화
와 닮았다. 그림 속 남자처럼 눈을 부라리고 구야를 바라보았다.

렘브란트는 구야를 끌어안더니 펌프 쪽으로 갔다. 구야를 업은
채 펌프질을 시작했다. 렘브란트는 '티투스'란 이름을 거듭 부르
며 펌프질을 해댔다. 렘브란트의 어깨가 들썩일 때마다 구야는
물을 토해냈다. 펌프가 삐걱거리는 소리는 살아야 한다고 구야에
게 말하는 것 같았다.

*

감옥을 나서자 구야는 차가운 공기를 한껏 들이마셨다.

"애써 건진 목숨, 허투루 쓰지 마라."

간수는 잔소리를 마치고 사라졌다. 감옥 문 앞에는 구야와 렘
브란트만 남았다. 거리가 구야 앞으로 펼쳐졌다. 더는 갇힌 신세

가 아니니 어디로든 갈 수 있다. 길은 사방으로 뻗었지만, 구야가 갈 곳은 없었다.

"어디 갈 데는 있느냐?"

렘브란트는 밭은기침을 하며 물었다. 구야가 고개를 젓자 자기집에 가서 한잔하지 않겠느냐고 물었다. 구야가 이 도시에서 아는 사람이라곤 렘브란트란 노인네뿐이다. 대답을 망설이자 렘브란트가 어깨를 툭툭 치더니 앞장을 섰다.

"술이 싫으면 따뜻한 수프라도 먹고 가든지."

그러고 보니 몸에 기운이 하나도 없었다. 배도 고팠다. 구야와 렘브란트는 밤새 펌프질을 했다. 동틀 무렵 간수가 나타나자 두 사람은 바닥에 주저앉았다. 송장 치우게 생겼다는 간수의 말에 렘브란트는 기어 다니며 스케치북을 찾았다. 물에 젖은 스케치북은 낱장씩 뜯겨나갔고, 집어 들자 찢어져버렸다. 구야는 무릎걸음으로 렘브란트를 도와 종잇장을 모았다. 거무튀튀한 물이 그림의 색과 선을 지워버렸다. 렘브란트는 "꼬마야, 여기서 나가자"며 몸을 일으켰다. 곤죽이 된 종이를 뭉쳐 바닥에 던졌다.

렘브란트는 서너 걸음 걷다가 담장에 붙어 섰다. 밤새 펌프질을 한 노인의 몸이 성할 리 없었다. 구야는 다가가 렘브란트를 붙들었다.

"집에 가기 전에 잠깐 들를 데가 있다."

구야는 렘브란트와 함께 길을 걸었다. 큰길은 사람과 손수레, 마차로 붐볐다. 참나무와 보리수가 늘어선 운하 한편으로 집들이 늘어섰다. 길옆의 운하는 배로 붐볐다. 예인선과 거룻배, 돛단배들이 쉼 없이 오갔다. 소금에 절인 청어가 든 나무통이 실린 배가 비린내를 날리며 지나갔다. 한자리에 묶어둔 배도 여러 척이었는데, 갑판에는 오막살이가 얹혀 있었다. 빨랫줄에 걸린 크고 작은 옷들이 펄럭거렸다.

렘브란트가 멈춰 선 곳은 공동묘지였다. 철문 안쪽으로 죽 늘어선 묘비들이 보였다. 구야는 철문 앞에서 머뭇거렸다. 무덤이 이렇게 떼로 있다는 게 꺼림칙했다. 사람 사는 곳 가까이에 무덤이 있다는 것이 이상했다. 조선에서 무덤들은 산에 있었다. 죽은 사람들은 산 사람들에게서 멀찍이 떨어져 있어야 한다.

구야는 철문 밖에서 묘비 앞에 서서 고개를 조아리는 렘브란트를 바라보았다. 멀리서 보니 꼭 무덤에 말을 거는 것처럼 보였다. 구야는 철문 안으로 들어서서 살그머니 렘브란트 곁에 섰다. 묘석 위에는 아직 싱싱한 꽃송이들이 흩어져 있었다. 흙냄새도 물씬 났다. 구야는 렘브란트의 곁뺨을 힐끔거렸다. 주먹코 아래에서 콧수염이 씰룩이는 게 울음을 참는 것처럼 보였다. 렘브란트는 무덤을 응시한 채 구야에게 말했다.

"여기, 우리 티투스가 누워 있다."

"……"

"지난달에 페스트가 그 앨 데려갔다…… 약 한 번 제대로 못 써봤다."

렘브란트는 죽은 아들이 구야 또래라고 했다.

쭈그리고 앉은 렘브란트는 손바닥으로 묘석을 쓰다듬었다. 잠든 아이의 이마를 쓸어주는 것 같았다. 눈물을 흘리는 렘브란트를 보며 구야는 조선에 묻고 온 가족을 떠올렸다. 이제는 그 얼굴들이 뜨물에 잠긴 바퀴살같이 흐리멍덩했다. 구야의 눈에 눈물이 차올랐다. 렘브란트는 훌쩍거리는 구야를 올려다보았다. 작은 글자로 빼곡하게 채워진 책장을 들여다보는 표정이었다.

"넌 왜 우는 거냐. 남의 아들 무덤 앞에서. 나도 사실은……"

렘브란트는 어깨를 들썩이며 통곡했다. 구야의 울음소리도 덩달아 높아졌다. 구름은 몸이 무거워지면 비를 뿌려 가뿐해진다. 두 사람은 한참이 지나 동시에 울음을 그쳤다.

"이만 가자. 가서 밥이나 먹자."

렘브란트는 성큼성큼 묘비 사이로 걸어갔다. 구야는 소매로 눈가를 문지르고는 뒤따랐다.

자갈로 다듬은 길이 끝나고 골목길로 들어서자 진흙탕 길이 펼쳐졌다. 걸음을 옮길 때마다 종아리에 진흙이 튀어 올랐다. 골목길을 빠져나가자 이번에는 타르를 바른 납작한 오막살이들이 나타났다. 곳곳에서 베틀 소리가 났다. 빈민굴 여자들은 하루 종일 시장에 내다 팔 천을 짜야 했다.

빈민굴이 끝나고 비좁은 골목길이 나타났다. 높다란 건물 사이에 낀 골목은 볕이 들지 않았고 쓰레기 냄새가 진동했다. 누더기 차림의 아이들이 헝겊 뭉치를 가지고 집 앞에서 놀았다. 갈색 머리카락에 부스럼투성이 아이가 굴렁쇠를 굴리며 지나갔다. 집 앞에 나앉은 늙은이들이 피워대는 싸구려 서인도 담배 냄새가 코를 찔렀다.

렘브란트는 3층 건물 앞에 멈춰 서더니 문 옆에 달린 줄을 잡아당겼다. 안쪽에서 종소리가 들리고 양 볼이 통통한 노파가 얼굴을 내밀었다.

"어이, 야베자. 나 왔네."

"아니, 이제껏 어디 있다……"

"들어가자."

렘브란트가 구야의 소맷자락을 잡아당겼다.

"얜, 누군데요?"

야베자가 구야를 가리키며 물었다.

"어, 물속에서 건져 왔지."

야베자는 구시렁거리며 렘브란트의 뒤를 쫓았다.

렘브란트가 걸음을 옮기자 바닥에 물 발자국이 났다.

"뭐야! 또 술 먹고 운하에 빠졌구먼!"

구야는 렘브란트와 부엌에 들어섰다. 의자에 앉은 렘브란트가 구야에게 맞은편에 앉으라고 턱짓했다.

"이제 오면 어떡해요. 한참 기다리다 갔는데."

야베자는 주식거래소 남자가 자기 아들을 제자로 받아달라며 찾아왔었다고 호들갑을 떨었다. 수업료로 1,000굴덴을 낸다고 했다는 말도 덧붙였다.

"제잔 절대 안 받는다니까."

"가뜩이나 돈도 없는데, 제 발로 찾아온 돈줄까지 내치면 어쩔 셈이유?"

야베자가 앞치마를 펄럭거리자 먼지가 풀풀 날렸다.

"아까운 캔버스나 망치는 애송이들과 티격태격할 시간이 없어."

야베자는 소매를 걷어붙이더니 구야를 가리켰다.

"그럼 요 앤? 새로 데려온 제자 아니야?"

"아니, 내 동지야."

"동지? 꼬마야, 네가 이 양반 술값이라도 내줬느냐?"

렘브란트는 히죽 웃더니 몸을 부르르 떨었다.

"야베자, 뜨뜻한 에르텐 수프를 좀 만들어줘."

"뭐로요? 돌멩이로 끓여요? 가게에선 죽어도 외상은 안 준대고."

남은 건 완두콩뿐이라고 하자 렘브란트는 그것도 좋다고 했다. 야베자는 투덜거리며 창고로 사라졌다. 구야와 렘브란트는 식탁에 마주 앉았다.

"그런데 넌 어디서 왔느냐?"

조선이라고 대답하자 렘브란트는 조선이란 나라도 있느냐고 물었다. 구야는 뭐라 설명할 길이 없었다. 그저 여기서 아주 멀리 떨어진 곳이라고 하자, 렘브란트는 그럼 어쩌다 여기까지 오게 되었느냐고 물었다. 구야는 어디서부터 얘기해야 할지 몰랐다. 그리하여 이제껏 온 길을 차례대로 하나하나 말해주었다.

스페르베르호 선원들과 함께 조선을 떠나 일본 데지마에서 돼지치기를 했다. 지도 사건 이후 황금 히아신스호를 타고 암스테르담으로 가게 되었고, 중간에 해적에게 습격당해 졸리 로저 기를 그리며 지내다가, 해군에게 잡혀 해사 법정에 끌려갔으나 레드 비어드의 초상화를 그려주고 감옥에 갇혔다고.

"그게 정말이냐? 어디 동화책에나 나올 법한 얘기로구나."

구야가 사실 그대로를 말했다고 하자 렘브란트는 해적 깃발을 한번 그려보라며 목탄과 종이를 내밀었다. 구야가 그린 해골을 보고 렘브란트는 도리질을 치더니 종이를 뒤집어 쓱쓱 뭔가 그리기 시작했다. 구야는 그림에 몰두한 렘브란트의 얼굴을 바라보았다. 그림을 그릴 때엔 영판 다른 사람이 되었다. 더 이상 기운 없는 노인네가 아니었다. 팔놀림은 힘찼다. 두 눈은 아이처럼 반짝거렸다. 그림을 다 그린 렘브란트는 해골 옆에 멋들어지게 사인을 했다.

구야는 렘브란트가 내민 그림을 들여다보았다. 눈을 부릅뜬 해골이 구야를 노려보았다. 눈동자 없이 눈구멍만 그렸는데도 오싹했다.

팔짱을 끼고 흐뭇한 얼굴로 자기 그림을 내려다보는 렘브란트의 얼굴은 카피탄의 집무실에서 봤던 자화상과 닮았다. 비록 그림 속 얼굴보다 주름지고 푸석했지만. 구야가 카피탄의 집무실에서 그의 자화상을 봤다고 하니, 렘브란트는 돈만 아는 놈을 골려주려고 그린 그림이라며 껄껄 웃었다. 데지마에서 그림으로 봤던 사람을 여기서 직접 만나게 되다니, 신기한 노릇이었다. 렘브란트도 데지마까지 흘러간 자기 자화상을 본 사람을 만났다며 건배를 외치고 술을 단숨에 들이켰다. 구야는 렘브란트의 얼굴을 뜯어보았다. 데지마에서 본 자화상 속의 남자는 야심만만한 젊은이였다. 팔짱을 끼고 구야를 노려봤던 그 젊은이가 저렇게 볼품없는 늙은이로 변했다니.

야베자가 돌아와 식탁에 사발을 올려놓았다. 밍밍했지만, 따끈한 에르텐 수프였다. 렘브란트는 커다란 술잔에 담긴 두송주만 홀짝거렸다. 야베자는 한숨을 쉬면서 속이 타는 건 알겠는데 이제 정신을 차려야 하지 않겠느냐고 말했다. 렘브란트는 하품을 하더니 자리에서 일어났다.

"앤 어쩌시게요?"

"어, 다락방에 재워."

구야는 야베자를 따라 가파른 계단을 올라갔다. 옛날에 제자들이 머물던 곳이라고 했다. 램프를 들고 야베자가 사라지자 구야는 어둔 다락방에 홀로 남았다. 창밖으로 달만 오롯이 빛났다. 저 멀리 뾰족한 교회 첨탑이 서 있고, 그 아래로 지붕들이 내려다보였다. 하얀 벽에는 달빛만 어른거렸다. 흰 벽을 마주하고 누웠지만 잠이 오지 않았다. 암스테르담에 왔으니 한나와 스페르베르호 선원들부터 찾아야 한다. 핌과 한나는 데지마를 떠나 암스테르담에 왔을까? 그런데 어디서 그들을 찾을 수 있을까?

내일 아침 일어나면 당장 동인도회사부터 찾아가야 했다.

제 6 장

구야, 구야를 그리다

비가 그치자 구야는 렘브란트와 함께 담 광장으로 향했다. '암스테르담의 배꼽'으로 불리는 중심가였다. 포석이 깔린 광장에는 나막신 소리가 요란스러웠다. 옆구리에 스케치북을 낀 렘브란트는 지팡이를 툭툭 차며 걸었다.

"저기가 동인도회사다."

구야는 렘브란트가 가리킨 광장 맞은편의 석조 건물을 바라보았다. 구야가 꾸벅 인사를 하자 렘브란트는 얼른 가보라고 손짓했다.

"나는 저 나무 그늘 아래서 그림이나 그릴 테니."

구야는 건물을 향해 내달렸다. 드디어 한나와 스페르베르호 선원들을 만날 수 있다. 비둘기들이 구야의 양편으로 날아올랐다. 육중한 문을 밀고 들어서자 대리석이 깔린 홀이 나타났다. 두리번거리던 구야는 사람들을 따라 구석진 방으로 향했다. 줄 끝에서서 한참을 기다리자 직원이 구야에게 승선 신청을 하러 왔느냐고 물었다. 구야는 동인도회사 선원들의 소식을 물으러 왔다고 대답했다.

"하멜, 핌, 그룩스…… 여기서 만나기로 했는데요."

"동인도회사 선원이 어디 한둘인 줄 알아?"

"스페르베르호 선원들인데요."

승선 신청을 하러 온 덩치가 구야를 밀어냈다.

"야, 꼬마야. 볼일 다 봤으면 비켜."

구야는 직원에게 다급하게 물었다.

"데지마에서 여기로 온다고 했는데요."

직원은 귀찮게 굴지 말고 항구에나 나가보라고 했다. 구야는 지나가는 사람들을 붙들고 스페르베르호 선원들에 대해 물었으나, 아무도 제대로 대답해주지 않았다. 비렁뱅이 취급을 하여 밀어내거나, 신기한 동물처럼 바라봤다. 구야는 힘없이 동인도회사를 나섰다.

광장에는 수많은 사람이 오갔다. 구야의 눈에 서양 사람들은 다 어슷비슷했다. 암스테르담에 오면 그들을 만날 거라고 철석같이 믿었건만, 막상 와보니 모래밭에서 바늘 찾기였다.

구야는 터덜터덜 광장으로 나섰다. 걸인 여자가 구야에게 손을 내밀었다. 손바닥에 찍힌 낙인이 도드라져 보였다. 한쪽 귀도 없었다. 구야도 땡전 한 푼 없는 신세였다. 물러서자 사흘 동안 굶었다며 제발 한 푼만 달라고 매달렸다.

"이걸로 빵이라도 사 먹어."

어느 틈에 나타난 렘브란트가 여자의 손바닥에 동전 한 닢을 놓아주었다. 여자는 배시시 웃더니 더러운 치맛자락을 질질 끌며 사라졌다. 렘브란트는 구야의 얼굴을 보더니 나무 그늘로 이끌었다.

"일단 먹자. 먹어야 사람도 찾을 거 아니냐."

렘브란트는 가져온 빵을 반으로 잘라 구야에게 내밀었다. 구야는 멍하니 광장을 오가는 사람들을 바라보았다. 앞으로 어떻게 해야 할지 막막했다.

"기다리다 보면, 만날 사람은 만나게 되는 법이지."

나무 그늘에 앉아 구야는 지나가는 사람들을 멀거니 바라보았다. 구야 곁에서 렘브란트는 광장을 오가는 걸인들을 스케치북에 담았다. 목발을 한 거지, 개를 데리고 앉아 있는 거지, 개와 함께 다니는 장님 악사, 아기를 안고 구걸하는 야윈 여인 등등. 광장의 많은 사람 중에서 하필이면 추레하고 보잘것없는 사람들만 그렸다. 카피탄의 딸 에스미가 빈정대던 게 떠올라 구야는 왜 이런 사람들만 그리는지 물었다.

"저 얼굴들이 내게 말을 거는데 어쩌겠냐?"

구야는 렘브란트의 스케치북에 그려진 사람들을 바라보았다. 실제로 보면 더없이 불행한 사람들이 그림 속에서는 살아 움직이고 있었다.

"사람들의 얼굴에는 말이다. 그가 살아온 온 생(生)이 담겨 있어. 얼굴은 슬픔도 기쁨도 다 받아 적어주잖니?"

렘브란트는 스케치북을 접고 일어서며 구야에게 갈 곳이 있느냐고 물었다. 고개를 젓자 그런 몰골로 광장을 떠돌면 꼼짝없이 암스테르담 교화원으로 끌려간다고 말했다. 거기 끌려가면 죽지 않을 정도의 먹을 것만 주고 강제로 일을 시킨다는 것이다. 하루 종일 쇠처럼 단단한 브라질 나무의 껍질을 종일토록 벗기는데, 규정량만큼 대패질을 못하면 저녁밥도 굶긴 채 밥 먹듯이 채찍질을 해댄다고 했다.

"가난하다고 감옥에 가둬요?"

"떠도는 사람들이나 거지들은 골칫거리니까, 가둬두는 거지."

렘브란트는 아까 보았던 걸인 여자 이야기를 해주었다. 마슬로이스 출신의 트레인 피터스는 열 번이나 네덜란드에서 추방을 당했다고 한다. 처음엔 손등에 낙인이 찍혔고 다음에 잡혔을 때는 귀까지 잘려나갔다. 게으르다는 이유에서였다. 열악한 환경에서 나라를 일군 네덜란드인들에게 근면 성실은 중요한 덕목이었다. 빛이 그늘을 거느리듯, 태만한 사람은 낙오자로 찍혀 벌을 받았다. 거지와 배우, 상이군인, 쥐 잡는 사람 등은 일을 하지 않는다는 이유로 홀대받았다. 일을 하고 싶어도 하지 못하거나, 돈벌이가 안 되는 일을 하는 사람은 죄인 취급했다. 머물 곳도, 아는 사람도, 당장 할 일도 없는 구야는 감옥으로 끌려가야 한다. 렘브란트는 스케치북을 접고 함께 가자고 했다.

"오늘은 다락에 묵고 내일 다시 나가보자."

돌아온 구야를 보고 야베자가 툴툴거렸다.

"얜 또 왜 달고 왔어요."

새끼 정어리를 한입에 먹어치우는 구야를 보고 야베자는 혀를 차댔다. 구야가 식사를 마치고는 설거지를 도왔다. 지딱지딱 그 릇을 닦고 식탁을 훔치고, 부엌 바닥을 깨끗이 쓸었다. 염라댁 주막집에서 갈고닦은 솜씨는 녹슬지 않았다. 구야가 일하는 모양 새를 지켜보던 야베자는 볼멘소리를 그쳤다. 무릎을 두드리며 요즘 삭신이 쑤셔 죽을 지경이었는데 혹시 자기 일을 도울 생각이 있느냐고 물었다. 다시는 머슴 노릇을 하고 싶지 않았다. 구야 는 오늘 밤만 여기서 자고 내일은 광장으로 나갈 거라고 말했다. 야베자는 구야의 말을 잘라먹고는 물을 끓여놓을 테니 목욕부터 하라고 했다.

"계속 그런 몰골로 있을 거야?"

구야는 몸을 씻고 다락방으로 올라갔다. 하얀 벽과 마주하고 누워 앞으로 어떻게 해야 할지를 궁리했다. 눈앞의 하얀 벽처럼 앞날이 막막하기만 했다.

구야는 감옥에서처럼 새벽 여섯 시에 일어났다. 야베자는 부엌 에 내려온 구야를 보더니 시장에 가서 푸성귀를 얻어오라고 심 부름을 보냈다. 채소 가게 주인이 묶어준 푸성귀를 넘겨주자 이 번엔 운하에서 물을 떠오라고 했다. 물통을 바닥에 내려놓자 현 관 앞에 깔린 돌도 솔로 문지르라고 했다. 구야가 머뭇거리면 무룡을 두드리며 앓는 소리를 냈다. 반들거리는 현관을 본 야베자가 흥흥거렸다.

렘브란트는 점심때쯤에야 부엌에 나타났다.

"광장에 간다면서."

"그게……"

"가긴 어딜 가게."

야베자가 둘 사이에 끼어들었다. 렘브란트에게 구야를 하인으로 쓰자고 말했다. 뼈마디가 쑤셔 혼자서는 도저히 집안일을 못하겠다고 하소연했다. 구야는 하인 일을 하고 싶지 않다고 말했다.

"그럼 조수로 두든지."

"조수는 됐다니까."

"그럼, 제자로 삼든지!"

구야는 옥신각신하는 두 사람 사이에 끼어들었다.

"저는 광장에 나가봐야 하는데요."

"하루 종일? 잠은? 끼니는 어쩔 건데?"

렘브란트의 질문에 구야는 대답하지 못했다.

"렘브란트 같은 대(大)화가 옆에서 그림을 배우는 게 얼마나 대단한 일인데."

야베자는 부엌에서 해골 그림을 봤다며 구야를 치켜세웠다.

"보통내기는 아닌 거 같아. 좀만 가르치면 대화가로 클 거라고."

렘브란트는 구야를 바라보았다.

"네 생각은 어떠냐?"

구야가 머뭇거리는 사이에 야베자가 끼어 물었다.

"그건 나중에 둘이 결정하고. 여하튼 너도 당장 머물 데도 없잖니?"

구야는 하루에 한 번씩 광장에 나가게 해주겠다는 약속을 받아내고 당분간 집안일을 거들기로 했다.

렘브란트가 낮잠을 자러 간 사이 야베자는 구야를 창고로 데려갔다.

"렘브란트야 아무것도 손대지 말라고 하지만, 여길 치우는 게 내 소원이었다고."

주위를 둘러보았지만 어디서부터 어떻게 손을 대야 할지 엄두가 안 났다. 테이블에는 오만 가지 잡동사니들이 뒹굴었다. 조개껍질, 육분의,* 항해도, 송아지 가죽으로 장정된 책, 양날 스페인 검, 짙은 다홍색 나비 표본이 보였다. 종 모양 그릇 안에는 원숭이 머리통이 둥둥 떠다녔다. 목만 남은 원숭이는 잇몸까지 드러내고 웃었다. 벽에는 곰 박제, 천장에는 악어 한 마리가 매달렸고, 작살 아래 누런 고래 어금니가 걸렸다. 해변에 떠밀려 온 물건들을 주섬주섬 쌓아놓은 것 같았다.

"쓸데없는 것들을 닥치는 대로 사 모으니 빈털터리가 됐지."

야베자가 먼지를 털며 콜록거렸다.

---

* 고도를 재서 위치를 알아내는 도구.

문이 열리고 렘브란트가 들어왔다. 렘브란트는 야베자의 손에 들린 먼지떨이를 채갔다.

"낮잠을 잔다더니 벌써 일어났수?"

렘브란트는 유리병의 먼지를 닦는 구야에게 닦지 말라고 소리쳤다.

"먼지도 전시품이야. 다 시간의 흔적이라고."

"어이구, 갖다 붙이긴."

"다 그림에 필요하니, 모아둔 거야."

야베자는 너덜너덜한 터번을 내밀었다.

"이 넝마도요?"

렘브란트는 터번을 뒤집어쓰더니 터키 사람 같지 않느냐고 물었다. 구야가 키득거리자, 미소를 지으며 터번을 벗었다. 렘브란트는 야베자를 창고 밖으로 밀어낸 다음, 구야를 작업실로 데려갔다. 비스듬히 기울어진 지붕창으로 쏟아져 들어온 햇빛에 방은 환했다. 하지만 작업실은 창고만큼이나 엉망진창이었다. 작업실 가운데 이젤이 서 있고, 벽에는 크기가 제각각인 그림들이 죽 늘어섰다. 안료 상자와 기름병, 목탄과 깃털 펜 따위의 그림 도구가 널브러져 있었다. 렘브란트는 구야에게 막자사발과 공이를 건네더니 안료 덩어리를 으깨달라고 했다.

"펌프질을 하다 어깨가 망가졌나 봐. 손에 영 힘이 안 들어가."

렘브란트는 기침을 하며 침대에 누웠다. 기침 소리는 코 고는 소리로 이어졌다. 구야는 막자사발을 들고 이젤로 다가갔다. 도대체 렘브란트가 뭘 그리고 있는지 궁금해서였다.

그림 안에는 다섯 명이 서 있었다. 앞쪽에서 노인과 젊은이가 얼싸안았다. 뒤편의 구경꾼 셋은 쌀쌀맞은 표정으로 그들을 바라보고 있다. 붉은 망토를 두른 노인은 부자 같았고, 쥐어뜯긴 머리카락, 여윈 얼굴, 남루한 옷을 걸친 젊은이는 맨발의 걸인이었다. 노인은 자기 무릎에 얼굴을 파묻은 걸인의 어깨를 보듬었다. 구야는 그림으로 바짝 다가갔다. 그림 속 노인은 주먹코에 부숭한 머리칼을 한 것이 렘브란트를 닮았다. 걸인은 카피탄의 집무실에서 본 젊은 시절의 렘브란트와 비슷했다. 나이 든 렘브란트가 젊은 렘브란트를 껴안은 모양새였다. 그림에서 온기가 느껴졌다.

창으로 들어온 햇빛 때문일까?

노인의 손이 도드라져 보였다. 왼손은 고운 여인네 손이었고, 오른손은 투박하고 큼지막한 사내 손이었다. '손이 왜 짝짝이지?' 구야는 렘브란트가 실수했다고 생각했다.

"뭘 그리 보는 거냐."

흠칫해서 돌아보니 렘브란트가 구야를 말똥말똥 바라보고 있었다.

"왜? 그 그림이 너한테 말을 걸어?"

따뜻해 보인다고 대답하자 그림이 난로냐며 투덜거렸다.

'그게 아니라……'

목에 토란 덩이가 걸린 것 같았다. 구야는 자기 마음을 말로 드러내는 데 서툴렀다. 분명히 뭔가를 느꼈는데 말로 표현하질

못했다. 조선말이면 몰라도 네덜란드 말로 풀어내는 건 더 버거
웠다.

"……근데 저기 저 손은 왜 짝짝이예요?"

"아, 이 노인네 손 말이냐? 네 눈엔 두 손이 달라 보인다 이거
지."

괜한 말을 했다 싶어 구야는 렘브란트의 표정을 살폈다.

"짝짝일 수밖에. 하나는 어머니 손, 하나는 아버지 손이니까."

렘브란트는 혼잣말처럼 중얼거렸다.

"다독이는 손도, 어루만져주는 손도 모두 필요하니까."

구야는 그림 속 노인의 손을 바라보았다. 양손이 합쳐져 헐벗
는 아이를 감싸주고 있다.

"뭘 그렇게 넋 놓고 서 있어? 안료는?"

구야는 안료를 건네주고는 광장으로 향했다. 한참을 낯선 사
람들의 얼굴만 살피다 렘브란트의 말을 떠올렸다. 아버지의 손
과 어머니의 손을 기억해냈다. 붓을 잡을 때 아버지의 손등에 파
랗게 돋은 핏줄이 떠올랐다. 마지막으로 부여잡았던 어머니의 손
도. 어머니 손과 아버지 손을 나눠 잡고 골목길을 걸어갈 때면
얼마나 든든했던지. 생김새는 정확히 기억나지 않지만, 감촉과
추억은 남아 있었다. 마음은 그 손들을 기억해냈다. 구야는 두
손을 맞잡았다. 마디가 굵어진 손은 꺼칠꺼칠했다. 어머니가 보
면 쓰다듬으며 안쓰러워했을 거다. 구야는 왼손으로 자기 오른손
을 쓸어내렸다.

해가 뉘엿뉘엿 저물자 사람들의 얼굴은 어둠에 묻혀갔다. 돌아갈 집, 마중 나온 사람들이 사무치게 그리웠다.

"이제 오냐? 얼른 밥 먹어라."

식탁에 앉아 있던 렘브란트가 구야를 보고 손짓했다. 야베자가 내준 수프는 따끈했다.

*

구야는 아침부터 저녁까지 일하고, 낮에는 짬을 내어 광장으로 나갔다. 나무 그늘에 앉아 오가는 사람들을 살피다 해가 저물면 야베자를 도와 저녁을 차리고 다락방에 올라가 하얀 벽을 보며 잠들곤 했다. 텅 빈 벽을 보면 한나의 얼굴이 가물가물 떠올랐다. 핌, 하멜과 그룩스마저도 그리웠다. 그들을 다시 만날 거란 희망은 점점 사라져갔다. 막연히 기다리기보다는 뭔가 다른 방법을 찾아야만 할 것 같았다.

길을 오가며 구야는 레드 비어드의 수배 전단지를 보곤 했다. 한나의 얼굴을 그려 벽에 붙여놓을까 생각도 해보았다. 하지만 붓을 쥘 엄두가 나지 않았다.

렘브란트는 구야에게 그림에 관련된 잔심부름을 시켰다. 조수가 필요 없다는 말은 잊었는지, 구야만 보면 잔일을 시켰다. 자기처럼 훌륭한 화가가 되려면 화구부터 능숙하게 다뤄야 한다는 것이다. 진심인지 농담인지 알 수 없었다. 천을 바느질해 캔버스 만들기, 드라이포인트 바늘 갈기, 안료 섞기 등등. 그림도구를 만지다 보니 다시 붓을 쥐고 싶기도 했다. 하지만 테레빈유로 붓을 씻고 헝겊으로 물기를 닦아낼 때나 붓을 만졌다. 구야는 가끔씩 렘브란트가 그림 그리는 모습을 훔쳐보았다. 지난번 그림을 완성시킨 후 새 캔버스를 이젤에 세워두었다. 렘브란트는 며칠 동안 이젤 앞에서 꼼짝도 하지 않았다. 야베자는 이젤 앞에 앉은 렘브란트를 보면 한숨을 쉬었다. 아들 티투스를 잃고 몸이 많이 상했는데 그림에 매달리다 큰 병이라도 나겠다며 걱정했다.

"걱정 마. 적어도 이 그림을 완성하기 전까지는 안 죽어."

자화상을 그리겠다는 렘브란트의 말에 야베자는 도리머리를 흔들었다.

"아니, 자화상이라면 질리도록 그렸잖수."

야베자는 렘브란트가 젊었을 때부터 자화상을 그려왔다고 말했다. 양파를 까면서 도대체 자기 얼굴을 그려서 뭐에 쓰려는지 알 수가 없다며 투덜거렸다.

렘브란트는 며칠째 이젤 앞에 앉아 거울만 들여다보았다. 거울을 향해 미간을 찌푸려도 보고, 히죽 웃어 보였다.

"거울만큼 손재간이 뛰어난 예술가는 없을 거야. 보는 즉시 똑같이 옮겨놓잖아."

렘브란트는 거울을 구야에게 넘겨주었다.

"봐라, 지금 감정에 따라 표정이 바뀐다. 사람 얼굴만큼 재미있는 화폭이 또 있겠느냐."

구야는 거울을 들여다보았다. 까무잡잡하고 야윈 얼굴이 거울 안을 채웠다. 코밑에 수염이 거뭇거뭇 자랐고 땟물 자국이 선명했다.

데지마에 있을 때 구야는 자기 손으로 자화상을 그리겠다고 마음먹었다. 품고만 있었지 펼치진 못했다. 지금도 엄두가 나지 않았다. 오랫동안 마주 보기 겁났다. 거울 속의 얼굴이 걸어오는 말에 대답해줄 자신이 없었다. '넌 어쩌다 여기까지 왔니. 앞으로 어쩔 셈이니?' 그릴 수 있는 건 희미한 '나'의 그림자뿐이었다.

구야는 렘브란트도 이해할 수가 없었다.

"자화상이 속 편하지. 못 그렸다 잘못 그렸다 타박할 모델도 없고."

렘브란트는 허물어지고 늙어버린 자기 모습과 매일 마주했다. 가끔은 오래된 벗에게 대하듯 말까지 걸었다.

"이봐, 왜 자꾸 찡그려? 어허, 가만 좀 있으라니까."

구야는 뒤편에서 비질을 하며 자기 얼굴이랑 노는 렘브란트를 힐끔거렸다.


*


"가서 안료 좀 사와라."

렘브란트는 야베자에게 들키지 말라고 신신당부했다.

"금화를 보면 먹을 걸 사자고 성화를 부릴 거다."

구야는 주머니에 든 금화를 만지작거리며 골목을 걸었다.

"어이, 조심해."

정수리로 개숫물이 쏟아져 내렸다. 축축한 옷이 몸에 착 달라붙었다. 목덜미에 붙은 생선 가시를 집어냈다. 쓰레기를 쏟아붓고 나서, 조심하라고 소리치는 심보는 뭘까. 구야는 흠뻑 젖은 채골목길을 터덜터덜 걸었다. 저 앞에서 방울 소리가 들렸다. 아이들의 다리 사이로 고양이 한 마리가 튀어나왔다. 꼬리에 방울을 매단 고양이는 구야를 스쳐 달아났다. 하지만 방울 소리 때문에 어디 숨든 금방 들통이 날 것이다. 골목은 달리는 아이들로 떠들썩했다. 구야는 고양이가 무사히 달아나길 빌었다.

렘브란트의 심부름으로 왔다고 하자 안료상은 돈부터 보여달라고 말했다. 금화를 챙긴 그는 렘브란트가 새로운 그림을 주문받았느냐고 물었다.

"그건 아닌 것 같은데……"

"하긴, 누가 렘브란트에게 그림을 주문하겠어."

안료상은 선반에서 안료들을 챙기며 렘브란트가 소싯적에는 네덜란드 제일의 화가였다고 했다. 한때는 암스테르담의 상류층은 모두 렘브란트에게 그림을 주문했고 큰돈을 벌어 거대한 저택도 사들였단다. 500굴덴이나 600굴덴을 받고 초상화를 그리던 시절도 있었다. 그의 재능을 높이 산 헨드리크 공이 비싼 값에 그림을 사들였다. 부잣집 벽엔 유행처럼 렘브란트의 그림이 걸렸다.

"아내인 사스키아가 죽은 뒤로 망가졌지. 하긴, 그전에도 괴팍하기로 유명했지. 한번 캔버스 앞에 앉으면 세월아 네월아 하니, 모델이 견디겠어. 다들 줄행랑치고."

물감을 덧바르고 마를 때까지 기다렸다 다시 덧칠을 하니 초상화가 완성되려면 줄잡아 3개월은 기다려야 했다.

"물감을 어찌나 두텁게 바르는지, 초상화 주인공의 코를 붙들고 그림을 들어 올릴 수 있단 소문도 돌았지."

하긴 렘브란트는 여전히 캔버스에 물감을 쏟아붓고 있다.

"나야 안료 장사니 싫을 리 있나. 하지만 다른 화가들은 비아냥거렸지."

알뜰하고 검소한 네덜란드 사람들은 렘브란트가 물감을 함부로 낭비한다고만 생각했다. 게다가 완성된 초상화도 하나같이 심각한 얼굴들이었다. 자기 자랑을 목적으로 초상화를 주문했던 손님들은 완성된 그림을 보고 돈을 돌려달라고 성화였다. 얼간이나 반푼이가 된 자기 얼굴을 좋아할 사람은 없었다. 렘브란트는 의뢰인의 뜻을 무시하는 화가로 소문이 났다. 악명은 「야경」에서 절정에 달했다. 여느 단체 초상화라면 등장하는 인물 모두를 공평하게 그려주어야 한다. 하지만 렘브란트는 누구는 얼굴 전체를 그렸고, 누구는 반만 보여줬으며, 어떤 사람은 희미하게 처리했다. 모델들의 불만은 대단했다. 고쳐주지 않으면 돈을 지불하지 않겠다고 으름장을 놓았다. 하지만 렘브란트는 들은 척도 하지 않다가 법정으로 끌려 나갔다. 이 사건을 계기로 초상화 주문이 끊겼고 고집불통 화가로 낙인찍힌 그는 파산을 했다. 저택은 빚쟁이 손에 넘어갔고 렘브란트는 사교계에서 자취를 감췄다. 잉글랜드에서 객사했다, 빚쟁이를 피해 그다니스크로 달아나다 군인이 되었다, 예테보리에서 술집을 냈다는 소문만 무성했다.

"아내랑 아들을 잃고 미쳤다던데, 사실이냐? 묘지를 서성거리는 걸 야경꾼들이 봤다던데."

안료상은 눈을 가느스름하게 뜨고 물었다.

"주문도 끊겼을 텐데 뭘 그린다니?"

자화상을 그린다는 말에 안료상은 혀를 차댔다. 고작 제 얼굴을 그리는 데 비싼 물감을 낭비하는 이유를 모르겠다고 했다.

"하긴 이제 그릴 게 자기 얼굴밖에 남지 않았는지도 모르지."

남폿불만 켜둔 작업실은 어두웠다. 렘브란트는 이젤 앞에 옴치고 앉아 느럭느럭 붓질을 했다. 구야는 작업실을 드나들며 그림이 완성되는 것을 지켜보았다. 처음에는 화폭에 밝고 어두운 덩어리만 보였다. 시간이 지나면서 빛과 어둠의 덩어리는 형체를 갖춰갔다. 빛과 어둠을 갈라놓고서 렘브란트는 황토색 안료를 캔버스에 문질렀다. 화폭은 온통 진흙이었다. 표면은 황토벽처럼 울퉁불퉁해졌다. 숯검정과 램프 그을음과 탄재를 섞어 캔버스에 덧발랐다. 도대체 뭘 그리려는 건지 짐작이 안 됐다. 어둔 배경으로 진흙 덩이만 덩그러니 놓여 있었다.

며칠이 지나자 황토빛 덩어리는 사람의 모습으로 변해갔다. 구부정한 어깨에 엉거주춤한 몸짓, 이마와 눈썹, 눈가, 분명한 데가 없었다. 붓질도 거칠어서 꼭 그리다 만 그림 같았다. 그림 속 렘브란트의 얼굴은 삶은 감자처럼 볼품이 없었다. 축 처진 살갗에 이마엔 밭고랑 같은 주름이 파였다.

구야는 데지마에서 보았던 그림을 떠올렸다. 붓과 팔레트를 들고 세상을 손에 넣겠다는 젊은이 대신 화폭엔 초라한 늙은이만 남았다. 데지마에서 봤던 자화상은 멀리 내다보고 있었다. 하지만 나이 든 화가의 자화상은 안쪽을 들여다보는 것 같았다. 빈털터리가 주머니에 남은 동전들을 헤아리는 모양새였다.

구야는 자기가 만약 렘브란트라면, 처지나 생김새가 어떻든 스스로를 멋지거나 그럴싸하게 그릴 거라고 생각했다. 설사 지금은 볼품이 없어도 예전에 당당했던 모습을 그리거나 앞으로 나아질 모습을 꿈꿀 것이라고. 몰골사나운 지금 얼굴은 차라리 잊는 게 속 편하다. 추레한 자신의 얼굴을 마주 보는 건 난감한 일이다. 게다가 그림으로까지 그려서 두 눈으로 똑똑히 확인한다는 건 심란한 일이다. 차라리 보지 않는 편이 속 편하다.

구야는 다락으로 올라가 빈 벽과 마주했다. 여기까지 왔지만 스페르베르호의 선원들은 만나지 못했다. 앞으로 어떻게 살아야 할지도 막막했다. 여기까지 왔지만 남은 건 아무것도 없었다. 만났다가 모두들 떠나보냈다. 창으로 들어온 달빛이 벽에 어른거렸다. 빛의 얼룩들이었다. 구야는 그 얼룩들을 보며 두고 온 사람들의 얼굴을 떠올렸다.

구야는 매일 광장에 나가 사람들의 모습을 살폈다. 스페르베르호 선원들이 네덜란드에 도착하면, 동인도회사에 들를 게 분명했다. 기다리면 언젠가 만나리라 믿었다. 스쳐 지나가는 사람들의 얼굴을 낱낱이 살폈다.

*

첫 서리가 내린 날, 한 신사의 얼굴이 구야의 눈길을 잡아챘다. 고급 양복에 실크해트를 쓴 신사는 담 광장에 서서 회중시계를 꺼내 들여다보았다. 구야는 저 신사의 얼굴이 낯익은 까닭을 알 수 없었다. 시청 시계탑에서 여섯 시를 알리는 종소리가 울렸다. 신사가 고개를 들어 시계탑을 올려다보았다. 초록빛 눈동자를 본 순간, 구야는 흠칫 놀랐다. 수염을 말끔히 깎았지만 그 눈만은 영영 잊지 못했다.

'털북숭이. 빌지의 박쥐. 그리고 여왕의 복수자호의 선장. 레드 비어드.'

구야와 시선이 마주친 레드 비어드는 성큼성큼 광장 건너편으로 향했다. 내버려두면 사람들 사이로 사라질 것이다. 구야는 고함을 지르며 그의 뒤를 따랐다.

"저기, 레드 비어드, 레드 비어드가 달아나요!"

사람들이 레드 비어드의 앞을 막아섰다. 그는 달아나는 대신, 영문을 모르겠다는 표정으로 사람들을 둘러봤다. 어깨를 으쓱하더니, 자기는 금융업에 종사하는 판 킨더다이크라고 명함까지 꺼내 보였다.

사람들은 웅성거렸다. "그러고 보니 현상수배 전단지의 얼굴과도 영판 다른데." 금발머리에 말끔한 얼굴의 신사는 어딜 봐도 해적 같지 않았다.

"아니, 도대체 어떤 놈이 헛소릴 지껄이는 거야?"

한 아낙이 구야를 가리켰다. "저 꼬마가 소릴 질렀어."

사람들의 시선이 구야에게로 쏠렸다. 레드 비어드는 여유만만한 미소를 지으며 구야에게 말했다.

"꼬마야, 네가 동화책을 너무 많이 읽은 모양이다."

사람들은 입맛을 다시며, 레드 비어드에게 길을 내주었다. 그가 뒤돌아섰을 때 구야는 소리쳤다.

"나는 당신이 누군지 알아. 똑똑히, 몇 번이고 봤어. 내가 당신의 얼굴을 그렸잖아."

"이게 무슨 소리야."

구야는 벽보를 가리켰다.

"저걸 그린 사람이 바로 나야. 다른 사람 눈은 다 속여도, 내 눈은 못 속여!"

사람들 틈에서 장정 하나가 나섰다. "내가 전에 광장에서 저 애를 봤어. 그때 레드 비어드 얘길 해서 풀려났다고."

장정은 레드 비어드에게 바짝 다가섰다. 다른 한 명이 거들고 나섰다.

"이게 네가 그린 벽보가 맞지?"

누군가 뜯어본 벽보를 레드 비어드의 얼굴과 견주었다.

"이거 판박인데."

레드 비어드의 말은 웅성거리는 소리에 묻혔다.

"내 사촌이 해군인데. 네놈 땜에 죽었어!"

장정 둘이 달아나려는 레드 비어드의 팔을 잡았다. 레드 비어드는 꿈틀거리며 구야에게 악담을 퍼부었다.

"쥐새끼 같은 놈, 그때 죽여버리는 건데."

구야는 제자리에 서서 사람들에게 끌려가는 레드 비어드를 바라보았다.

'티셰…… 위도도.'

*

겨울이 코앞으로 닥쳤다. 햇빛이 귀한 도시, 암스테르담의 하늘은 흐렸다. 작업실로 비껴 들어오는 햇빛은 한 줌이었다. 이젤 앞에 앉은 렘브란트는 연신 기침을 해댔다. 야베자가 좀 쉬라고 해도 붓을 놓지 않았다. 야베자는 먹지도 자지도 않고 그림에만 매달리니 몸이 축나는 건 당연하다고 잔소리를 해댔다. 그러다 죽으면 어떻게 하느냐고 종종거리자, 렘브란트는 그림을 그리다 죽는 게 자기 소원이라고 대꾸했다.

"안 그러냐? 구야. 너는 내 심정을 알지?"

레드 비어드가 잡히고 나서 구야는 조금씩 그림을 그리기 시작했다. 렘브란트는 지나가는 말처럼 몇 마디 충고도 해주었다. 언젠가는 자화상을 그릴 수 있을 것 같았다. 구야는 일단 손을 그리는 것부터 시작했다. 오른손으로 왼손을 종이에 옮겼다. 손을 가만히 들여다보니, 이제껏 했던 일들이 하나하나 떠올랐다. 이 손으로 엄마의 손을 잡았고, 붓을 쥐고 주먹이에게 밥을 줬고 물을 퍼냈다. 그리는 일은 지나온 시간을 되새김질하게 만들었다.

렘브란트는 여전히 자화상에 몰두했다.

기침을 터뜨리면서도 빛의 양이 변하면 안 된다고 작업실 창문도 닫지 않았다.

"손이 곱아 그림이 안 그려진다. 구야, 가서 토탄 좀 사올래?"

열에 들뜬 얼굴은 벌게졌고 붓을 든 손도 떨렸다. 왕진 온 의사가 팅크*를 처방해줬지만 차도가 없었다. 얼음장 같은 작업실에서 렘브란트의 몸만 열에 들떠 후끈거렸다.

"난로를 피워야겠어. 구야, 가서 토탄을 사오거라."

구야는 나무통을 들고 문밖을 나섰다. 야베자는 문 앞까지 따라나서며 오는 길에 잡화점에 들러 찻잎도 사오라고 했다. 찬바람이 다리를 감쌌다. 유리같이 쨍하게 얼어붙은 하늘에 찬바람이 쌩하게 불었다.

운하 둔덕으로 거위떼가 지나갔다. 저편에서 토탄이 왔다고 외치는 소리가 들렸다. 부두에 토탄배가 멈췄다. 잡일꾼은 삽으로

---

\* 동식물에서 얻은 약물이나 화학물질을 에탄올과 혼합한 약.

토탄을 퍼서 통에 담아주었다. 토탄이 든 나무통을 들고 구야는 잡화점으로 향했다. 주인은 한구석에 앉아 책을 읽고 있었다. 구야는 나무통을 놓고 다가가 찻잎을 달라고 했다. 그는 책을 의자에 펼쳐두고 창고로 갔다. 구야는 책 표지를 슬쩍 보았다. 커다란 범선이 그려져 있었다. 네덜란드 사람들이 즐겨 읽는 해양 모험물인 것 같았다. 야만인들과 동인도회사 사람들, 보물섬이 등장하는 그런 책 말이다. 암스테르담의 어린아이들은 이런 책을 읽고 모험가나 선원이 되는 꿈을 꿨다. 구야는 이 책도 그런 황당무계한 모험담이겠거니 하고 제목을 훔쳐봤다.

『1653년 바타비아발 일본행 스페르베르호의 불행한 항해일지』.

아래쪽에 '하멜'이란 저자 이름이 보였다. 구야는 주인에게 차 대신 책을 사겠다고 말했다. 집으로 돌아온 구야는 토탄통을 부엌에 두고 다락방에 올라갔다. 허겁지겁 촛불을 밝히고 서툰 네덜란드어 실력으로 읽어나갔다. 하멜은 괴상한 사람들이 사는 이상한 곳에서 자신들이 겪은 고초를 써 내려갔다. 마지막 장까지 읽는 데 꼬박 일주일이 걸렸다. 끝까지 읽었지만 구야는 나오지 않았다.

구야는 거기 없었다.

'나는 어디로 간 걸까.'

분명히 그들과 함께 조선을 떠났다. 하멜은 임금을 받기 위해 쓴 보고서에서 구야를 빼버렸다. 무슨 까닭에서였을까?

조선에서 여기까지 왔던 시간이 송두리째 사라져버린 것 같았다. 만약 이 낯선 나라에서 숨을 거두면, 구야가 살아온 시간도 영영 백지로 사라질 것 같았다.

아침이 되자 구야는 동인도회사로 찾아갔다. 직원은 스페르베르호 선원들이 암스테르담에 도착했지만 그들의 행방은 모른다고 했다. 더 이상 동인도회사 직원이 아니므로 행적을 알 순 없단다.

"아마 자기들 고향으로 뿔뿔이 흩어졌을걸."

구야는 직원에게 하멜이 쓴 책을 내밀었다. 자기가 이 책에 나온 조선에서 왔다고 말했다.

"조선? 정말 코레에서 왔다고?"

직원은 놀란 눈치였다. 하멜의 여행기가 인기를 끌자 조선에 대한 관심도 늘었다.

"거긴 보물섬이라며. 바닷가엔 모래 대신 은가루, 금가루가 반짝이고, 용이 사는 동굴엔 보물이 가득한."

직원의 말을 듣고 구야는 할 말을 잃었다. 네덜란드인들은 아시아를 낙원으로 생각했다. 1580년 네덜란드 젊은이들은 포르투갈 배로 처음 인도에 갔고 항로를 기록해 책을 펴냈다. 그 책을 읽은 네덜란드 사람들은 아시아를 땅 위의 천국이라고 상상했다. 아름답고 고요한 사람들이 사는 보물로 그득한 신천지 말이다. 그들에게 조선은 새로운 보물섬이요, 모험가들이 꿈꾸는 별천지였다.

"그런데 정말 그 조선이란 덴 보물이 천지에 깔렸니?"

구야는 뭐라 답해야 할지 몰랐다. 직원은 어차피 평생 조선에 가지 않을 거다. 황당무계하더라도 조선을 낙원으로 꿈꾸는 것도 나쁘진 않겠지. 잠자리에서 듣는 동화 같은 얘기 말이다. 조선도 그런 동화 속의 나라였으면 싶었다. 하지만 욕심 많은 사람은 보물섬을 가만두지 않는다. 구야는 조선은 네덜란드와 같이 사람이 사는 곳이라고 말했다. 조선에서 구야가 네덜란드를 낙원이라고 상상했듯, 네덜란드인들은 조선을 천국으로 상상한다. 하지만 이 세상에 그런 곳은 없다.

렘브란트의 집으로 돌아온 구야는 다락방의 하얀 벽을 바라보았다. 배에 돌멩이를 채운 것 같았다. 뱉어내고 싶었다.

"튤립과 풍차를 보고 운하에서 얼음을 지칠 거야, 구야."

네덜란드를 꿈꾸던 한나의 목소리가 떠올랐다. 여기 오면 한나와 나란히 앉아서 튤립과 풍차를 그리고 싶었다.

한나의 얼굴이 그리웠다. 영영 못 볼지도 모른다고 생각하니 더욱 보고 싶었다. 한나는 구야를 잊었을 것이다. 아무리 그리운 얼굴이라 한들 언젠가는 까마득하게 잊혀진다. 엄마와 할아버지, 아버지와 동생들, 티셰와 칠면조 노인, 그리운 얼굴들은 모두 멀리 있었다.

구야는 주머니를 더듬었다. 목탄이 잡혔다. 벽에 한나의 얼굴을 그리기 시작했다. 가물가물 떠오른 얼굴을 잡아채려 애썼다. 시간이 흘러 생김새가 변했을지 모른다. 하지만 초록빛 눈동자는 그대로일 것이다. 잠든 구야의 머리맡을 아직은 희미한 얼굴들이 지켜주었다.

*

병이 깊어지자 렘브란트는 침대에서 이젤만 바라보았다. 오후에 왕진 온 의사는 고개만 저어댔다. 야베자는 구야에게 렘브란트를 지켜보라고 하고는 밖으로 나갔다. 용한 의사에게 왕진을 부탁할 거라고 했다. 구야는 침대 곁을 지키다 깜빡 잠이 들었다가 몸에 닿은 찬기에 눈을 떴다. 렘브란트가 창가에 서 있었다. 열린 창문으로 찬바람이 들어왔다. 구야는 렘브란트를 침대로 데려오려고 했다. 하지만 그는 창 앞에서 꼼짝도 하지 않았다.

"구야, 밖에 눈 온다."

렘브란트의 시선을 좇아 구야도 창밖을 보았다. 창밖 어둠 속으로 점점이 눈발이 날렸다. 그해 첫눈이었다. 렘브란트는 설레고 들뜬 표정으로 눈을 내다보았다. 난생처음 눈을 본 사람 마냥.

"매해 눈이 내리지만 첫번째 내리는 눈은, 여전히 첫눈이지."

눈송이 몇 점이 바람을 따라 작업실 안으로 들어왔다. 렘브란트는 눈송이를 잡으려는 듯 손을 뻗었다. 나비를 쫓는 어린아이 같았다. 렘브란트는 창밖으로 몸을 내밀고 아래쪽을 내려다봤다. 구야도 창틀에 몸을 기대고 고개를 숙였다. 저 아래는 깜깜했다. 바닥이 보이지 않는 구덩이로 눈송이는 사라져버렸다. 내일 아침이면 저 눈은 흔적도 없이 녹아버릴 것이다.

"금방 그칠 눈 같은데요."

"그럼 어때. 눈 때문에 밤이 환하잖아."

구야는 고개를 들었다. 저 위에서 눈은 춤추듯 내려왔다. 하늘로부터 땅까지 눈길로 이어졌다. 구야는 독토르의 현미경으로 봤던 눈송이를 떠올렸다. 눈 속에는 집이 한 채씩 들었다. 거미가 짠 듯한 반짝이는 집이었다. 사람들의 얼굴이 각각 다르듯, 눈송이 하나하나도 생김새가 다르다. 금세 녹아버리는 아슴아슴한 얼굴들이었다.

렘브란트는 자기 앞으로 이젤을 옮겨달라고 말했다. 자화상을 완성하고 싶다고 했다. 렘브란트는 왼쪽 엄지손가락을 팔레트 구멍에 끼우고 나머지 손가락으로 한 다발의 붓을 쥐었다. 손에 힘이 없어 붓은 바닥으로 흩어져버렸다.

렘브란트는 의자에 앉은 채 숨을 몰아쉬었다. 구야는 휘청거리는 렘브란트를 부축했다. 의사를 부르러 간 야베자는 돌아올 줄 모른다. 구야는 더럭 겁이 나 렘브란트를 불렀다. 렘브란트는 눈을 감은 채 구야의 손을 잡았다. 물감이 얼룩지고 마디가 굵은 화가의 손이었다. 난롯불이 꺼져가는 작업실 안은 싸늘했지만, 렘브란트의 손은 뜨거웠다.

"구야, 자화상을 완성해야 한다. 네 손을 좀 빌려주겠느냐?"

그는 구야에게 붓을 내밀었지만 구야는 선뜻 건네받질 못했다. 말만 듣고 붓질을 어떻게 해야 할지 몰랐다. 구야는 자기 손을 내려다보았다. 그림을 그린 지 오래였다. 화가의 손이 아니라 막일꾼의 손이었다.

렘브란트는 구야를 향해 슬며시 웃어 보였다. 돌아가시기 직전 할아버지의 얼굴도 이랬다. 구야의 손을 쓰다듬으며, 할아버지는 저렇듯 웃었다. "구야, 넌 조선 최고의 화가가 될 거다." 그때 구야는 할아버지가 왜 웃는지 몰랐다. 웃으니까 안 돌아가실 줄 알았다. 할아버지는 남겨질 구야를 위해 부러 웃어 보이신 건 아닐까. 얼굴에 그린 미소는, 할아버지가 구야를 위해 남긴 마지막 그림이었다.

렘브란트는 구야의 손 위에 자기 손을 얹었다. 렘브란트가 그린 「돌아온 탕자」에서처럼 두 개의 다른 손이 합쳐졌다. 조선에서 온 구야의 손과 렘브란트의 손이 한마음으로 움직였다.

그림 속 렘브란트의 얼굴에 할아버지의 미소가 겹쳐졌다. 눈가에 잔잔한 주름이 잡혔다. 얼굴의 주름들이 따라 웃었다. 눈매에서 뺨, 입가까지 웃음이 번져나갔다. 바람은 물 위에 잔잔한 주름을 만들고 사라졌다. 렘브란트는 자기 얼굴을 보고 빙그레 웃더니 침대로 향했다.

"촛불을 꺼다오. 이제 한숨 자야겠다."

괜찮으냐고 묻자 렘브란트는 길게 하품을 했다. 문을 나서려는 구야를 렘브란트가 불러 세웠다.

"다음에 네 자화상을 그릴 땐 내가 손을 빌려주마."

다락방에 올라가 누우니, 할아버지의 얼굴이 떠올랐다. 눈을 감고 잠들면 다시 잊힐 것만 같았다. 자리에서 일어난 구야는 주머니에서 목탄을 꺼내 한나 곁에 할아버지의 얼굴을 그려 넣었다.

구야는 할아버지의 얼굴을 올려다보았다. 홀로 있는 할아버지 곁을 누군가가 지켜주었으면 싶었다. 주막에서 달아날 때 독에 가뒀던 주먹이가 떠올랐다. 구야를 무작정 좋아라 했던 놈이다. 주머니에서 에칭용 철심을 꺼내 회벽에다 동그라미를 그렸다. 주먹이 놈의 길쭉한 얼굴과 쫑긋한 귀를 벽에 새겨 넣었다. 발등으로 회벽 가루가 떨어졌다. 후후 불어내자 벽에 새겨진 선이 오롯하게 드러났다. 독에서 빠져나온 주먹이 놈이 씩 웃는다. 컹컹 짖는 소리가 들릴 것 같았다. 주먹이를 새겨 넣으니 하얀 벽이 덜 막막해졌다. 자연스레 염라댁이 떠올랐다. 주막에 있을 때 구야는 염라댁의 표정을 수시로 살폈었다. 한쪽 입가만 삐죽 올라가거나 눈썹이 활 모양이면 몸을 사려야 했다. 양쪽 입가가 올라가거나 눈가에 주름이 잡히면 한숨을 놓았다.

구야는 떠오르는 얼굴들을 하나씩 벽에 그려 넣었다. 칠면조 노인을 떠올리니, 온 세상을 돌아다니고 싶다던 그의 말이 생각났다. 벽 속의 칠면조 노인은 삿갓을 쓰고 지팡이를 짚고 금세라도 어디론가 떠나갈 것 같았다. 구름으로 그를 에워싸주었다.

죽은 사람들이 얼굴을 들이밀었다. 호열자로 죽은 가족들은 살아 있을 때 얼굴로 환히 웃었다. 할아버지는 아직 그림이 그려지지 않은 백지 앞에서 허허 웃었다. 아버지의 얼굴에는 꽃을 그려 넣었다. 구부린 새끼손가락을 내민 어머니는 약속을 지키라고 말

한다. "어떻게든 살아남아야 한다, 구야." 마을 언덕에서 오동이는 연을 날렸고, 티셰는 큼지막한 닭다리를 들고 세상을 다 얻은 듯 히죽거렸다.

죽은 사람과 산 사람들은 다락방 벽에 모여들었다. 그 얼굴들은 구야를 내려다보았다. 어둠 속에서도 환히 떠오르는 얼굴들이 구야를 지켜봐주었다. 벽이 붐볐다. 웅성거리는 소리가 들릴 듯했다.

그들은 구야의 일생에 중요한 등장인물들이었다. 레드 비어드도 구야 삶의 등장인물 중 하나였다. 그를 빼버리면, 한 시절이 사라져버린다. 벽에 새겨진 레드 비어드는 겁먹은 표정이었다. 구야가 겁내던 얼굴이 구야를 겁내는 얼굴로 탈바꿈했다. 그날 밤 구야는 밤새워 그림을 그렸다. 벽은 얼굴들로 채워졌다. 그날 밤, 렘브란트는 잠자듯 숨을 거두었다.

\*

눈이 그치고 안개가 도시를 감쌌다. 관을 실은 마차는 안개를 헤치고 교회로 향했다. 공동묘지에 도착했으나 묘지기는 코빼기도 비치지 않았다. 술에 취한 일꾼은 품삯 타령을 하며 뻗댔다.

"5굴덴? 거지야? 구제원 가난뱅이도 아니고."

일꾼들은 납골당 때문에 벌이가 시원치 않다고 웃돈을 요구했다. 몇 푼을 더 받고서야 비로소 움직이기 시작했다.

"서둘러. 오늘 다섯을 더 묻어야 한다니까."

관은 굵은 두 가닥 밧줄 위에 놓였다. 구덩이 양쪽에서 일꾼들은 밧줄을 잡고 관을 내렸다. 흙덩이가 관 위로 툭툭 떨어졌다. 구야는 손에 쥐고 있던 꽃을 구덩이로 던졌다.

교회 명부에 그의 죽음은 다음과 같이 기록되었다. "10월 8일. 돌호프 건너편, 로젠그라흐트에 살던 화가 렘브란트 판 레인. 관을 나른 사람은 여섯 명. 유족은 자식 두 명. 비용은 20굴덴."

화가 렘브란트의 생은 그렇게 요약됐다.

구야는 묘지를 빠져나가 골목길로 들어섰다. 저편에 누군가가 웅크리고 앉아 있다. 둥그런 뒷모습이었다. 구야는 어둑한 골목길을 달려 큼지막한 눈사람 앞에 멈춰 섰다. 만들다 만 눈사람에는 코만 달렸다. 구야는 바닥에서 토탄을 주워 얼굴에 박아 넣었다. 먹먹한 까만 눈동자가 올려다보았다. 얼굴을 가진 눈사람이었다.

불기가 없는 작업실은 얼음집이었다. 화가의 죽음을 애도하는 관습에 따라 렘브란트가 그린 그림들은 벽에 돌려세워지고, 거울에는 검은 천이 덮였다. 가운을 걸치고 캔버스 앞에 앉아 있던 등짝이 떠올랐다. 구야는 그제야 자기가 주로 렘브란트의 뒷모습만 봤다는 걸 깨달았다. 그림 앞에 선 화가는 늘 뒷모습만 보여준다.

그림을 돌려세우고 천을 걷어냈다. 남루한 옷차림에 진흙빛 얼굴이 구야를 바라보았다. 화폭에는 검은빛과 흙빛만 가득했다.

검은 배경 속에 흙으로 빚은 사람이 서 있다. 렘브란트는 왼쪽 어깨를 어둠에 묻고 슬쩍 몸을 돌렸다.

어둠 속으로 사라지는 것인지, 어둠에서 막 빠져나오려는 것인지 가늠이 안 됐다. 입가에는 알 듯 모를 듯한 미소가 걸려 있다. 물에 떨어진 나뭇잎이 그리는 파문처럼 보였다. 렘브란트의 웃음소리가 들리는 듯했다. 11월 눈 내리던 밤에 그는 숨을 거뒀다. 침대맡에 놓인 마지막 자화상이 임종을 지켰다.

이제 빈집에 구야 혼자 남았다. 구야는 다락방으로 올라가 얼굴들로 채워진 벽을 바라보았다. 얼굴들은 징검돌 같았다. 모든 사람과 시간들은 사람 속에 흔적을 남긴다. 마음속이 커다란 종이였다. 하나의 얼굴마다 얽힌 추억들이 떠올랐다. 그들의 얼굴이 구야의 얼굴을 만들어낸 선이요, 점이었다. 촛불을 들자 벽 속의 얼굴들이 어둠 속에서 어른거렸다.

왼쪽 구석에 렘브란트의 자리를 마련했다. 구야는 소매로 눈가를 문질렀다. 손이 곱아 선이 뜻대로 그어지지 않았다. 삐뚤삐뚤한 선으로 얼굴을 만들어갔다. 입가와 눈가에 주름을 새겨 넣고 석회 가루를 불어내자 렘브란트가 웃고 있었다.

구야는 일어서서 벽을 바라보았다. 벽은 얼굴들로 가득했다. 사람들의 얼굴은 병아리를 품은 동그란 달걀, 물과 바람에 모서리를 둥글린 조약돌처럼 보였다. 구야가 그동안 만난 얼굴들이 벽에 모여들었다. 그리운 얼굴들은 구야를 바라보았다. 한구석에 구야는 이름을 새겨 넣었다.

"조선의 오구야."

구야는 곱은 손을 주머니에 넣었다. 얼굴로 가득한 벽은 구야 없는 구야의 자화상이었다. '남의 얼굴로 만든 나의 자화상.'

집이 팔렸으니 새로운 사람들이 다락방을 차지할 것이다. 새로 들어온 사람들은 벽에 회칠을 할 테고 얼굴들은 지워질 것이다. 집을 무너뜨리고 새로 짓는다면, 얼굴들은 벽과 함께 부서져 흙과 섞일 것이다.

두고 떠나기 아쉬웠다. 하지만 이 그림을 그렸다는 사실만큼은 변하지 않는다. 가슴속에 있는 얼굴들은 언제든, 어디서든 꺼내 볼 수 있다. 구야는 자화상 앞에서 돌아섰다.

네덜란드 어딘가에 한나와 핌이 있을 것이다. 찾아갈 사람이 있는 한 길은 끝나지 않는다. 예전에 한나는 구야에게 튤립을 그려 달랬다. 네덜란드에 왔지만 구야는 아직 튤립을 보지 못했다. 봄을 기다려야 했다. 봄이 오면 상상만 하던 꽃을 화폭에 옮길 수 있다. 조선을 떠날 때 마지막으로 봤던 호랑이 그림도 떠올랐다. 구야는 튤립 곁에서 뛰노는 호랑이를 상상해보았다. 봄날의 호랑이는 환히 웃고 있었다.

골목으로 나서자 이마가 선뜻했다. 눈이 내리고 있었다. 구야는 허공을 보며 걷다 허방을 디뎠다. 눈이 쓸려나간 자리에 흙이 드러났다. 눈에는 별 모양의 손자국이 남았다. 어둠 속으로 눈발이 날려 들어갔다. 내리는 하얀 눈이 검은 손자국을 채워갔다. 구야는 고개를 들어 어두운 하늘을 올려다보았다. 검은 하늘에서 눈송이가 반짝거리며 내려앉을 곳을 찾았다. 날리는 눈발이 구야를 힐끗거렸다. 눈송이 하나하나가 빛나는 얼굴이었다. 봄날의 호랑이가 골목을 빠져나가는 구야의 뒤를 좇았다. 사뿐사뿐 봄을 향해 걸어갔다.

원고를 출판사에 넘긴 지 4년 만에 책으로 나왔습니다. 이런저런 일들로 원고는 표류했습니다. 그사이에 나가사키의 데지마를 둘러보고 카스테라도 먹었습니다. 드디어, 나올 책을 덥석 안을 생각을 하니, 두근거리네요.

*

『구야, 조선 소년 세계 표류기』는 '하멜 표류기'와 '렘브란트'에서 출발했습니다. 하멜 일행은 1666년(현종 7년) 조선을 빠져나가 일본의 나가사키를 경유하여 1668년 7월 네덜란드 암스테르담에 귀환하였다고 합니다. 만일 하멜 일행에 조선 아이가 섞여 '국제 가출'을 감행하면 어떨까? 하고 상상했습니다. 『구야, 조선 소년 세계 표류기』는 대항해 시대 세계를 누빈 조선 소년의 이야기입니다.

네덜란드에 도착한 구야는 렘브란트를 만납니다. 1669년 마지막 자화상을 남기고 숨을 거두기 직전의 렘브란트와 함께합니다. 스무 살 무렵, 저는 배낭여행을 갔다가 렘브란트의 자화상을 보았습니다. 젊은 시절의 자화상은 야심만만했고, 나이 들어서의 자화상은 저를 향해 슬며시 웃었습니다. 어떤 시간이 얼굴을 바꿔놓은 걸까? 렘브란트는 자화상의 화가로 불립니다. 그는 젊은 시절부터 자신을 모델 삼아 그림을 그렸다고 합니다. 자화상을 그리는 건, 자기와 마주 보는 일입니다. 자기 내면을 대면하는 것이죠. 한 사람이 살아간다는 건, 자신의 자화상을 그리는 일과 다를 바 없겠죠.

구야의 여정은 자화상을 완성해가는 과정과 맞물립니다. 낯선 곳에서 자길 봅니다. 누군가를 볼 때, 그 누군가도 나를 봅니다. 화가와 모델처럼 말이죠. 구야의 자화상은 남들 얼굴로 만들어집니다. 나도 남을 만드는 조각이 되지요. 그렇게 주고받으며 우리는 세상 풍경의 일부가 됩니다.

'나'라는 사람이 우리가 본 것, 우리가 거쳐 온 풍경과 사람들로 채워집니다. 우리 마음의 풍경도 그런 만남들로 이루어집니다. 앞으로 펼쳐질 여러분의 여행길에 좋은 벗들과 풍경이 함께하시길!

*

구야와 함께해준 편집부 박지현 씨, 도움 주신 김가영 씨께 감사드립니다. '야구'에 대한 소설을 써달라고 해서, 주인공 이름을 지어준 김진하, 고맙다!

2014년 여름

김나정